KB188670

단 한 번의 삶

단 한 번의 삶

김영하

福
복복서가

이 세상으로 나를 초대하고 먼저 다른 세계로 떠난

두 분에게

차례

일회용 인생

인생은 일회용으로 주어진다. 그처럼 귀중한 것이 단
하나만 주어진다는 사실에서 오는 불쾌는 쉽게 처리하기
어렵다. 그래서 종교가 필요했을 것이다. 오래 살아남은
종교들은 이 불쾌를 어떻게든 완화해주는 여러 이야기를
제공했다. 이상적인 육체로 부활해 영원히 존재하는 삶을
약속한 종교도 있었고, 형태를 바꾸어 거듭하여 다시
태어나는 윤회라는 개념을 제시한 종교도 있었다. 종교와
한배에서 태어난 신화 역시 죽을 운명에서 벗어난 존재들을
만들어냈다. 현전하는 가장 오래된 이야기로 알려진
『길가메시 서사시』의 주인공 길가메시가 찾아 헤매는 것
역시 영생의 비밀이다. 호메로스의 『일리아스』에서는 인간을

'필멸자', 즉, 죽음을 피할 수 없는 존재라 부른다.

종교와 신화가 예전 같은 권능을 잃은 뒤에는 소설과 영화, 컴퓨터 게임 같은 이야기들이 인생의 일회성이 주는 불쾌를 잠시 잊을 수 있게 해주었다. 근대 이후 독자들은 장구하게 펼쳐지는 장편소설의 세계로 빠져들어 '어쩌면 내 삶이었을 수도 있는 다른 삶'을 경험했고, 탁월한 이야기꾼들에 의해 그럴듯하게 짜인 이 가짜 인생은 독자들이 실제 살아가는 지루하고 불공평하고 질서 없는 진짜 인생을 대체해주었다. 어렸을 적 경험한 컴퓨터 게임이나 전자오락은 시작과 동시에 세 개의 삶을 주었다. 강편치에 맞아 죽어도, 적기가 쏘는 기관포에 맞아 내 전투기가 추락해도 두 번의 삶이 더 있다. 그 두 번의 삶까지 다 소진해도 동전만 또 넣으면 삶은 연장된다. 게임의 세계에서 죽음은 '다시 시작'을 의미할 뿐이다.

소설이나 게임이 제공하는 매력적인 대안적 삶들에도 불구하고 진짜 인생이 일회용이라는 사실은 변하지 않는다. 그로 인해 부지불식간에 문득문득 엄습하는 불쾌는, 외면하며 살아온 탓에 더 지독하고, 부당하고, 폭력적으로 느껴진다. 젊은 날은 다시 돌아오지 않는다고? 내가 죽어야 한다고? 그것도 혼자? 이 불쾌는 귀엽고, 밝고, 환하고, 유쾌하고, 재미나고, 짜릿한 무언가가 우리를 사로잡을 때는 사라진다. 영상 속의 고양이들은 털을 날리지 않으며 내 가죽소파를 긁지 않고, 무엇보다 병과 죽음의 세계로부터 멀리 떨어져 존재한다. 아프지도 죽지도 않을 것 같고, 영원히 저렇게 이상적인 외모로 디지털이 만든 천국에서 살아갈 것만 같다. 엄지로 화면을 위로 튕겨 올리는 동안에는 잠시 생의 일회성이라는 참을 수 없는 무거움으로부터 달아날 수 있을 것이다. 하지만 그게 얼마나 지속될까? 인생이 일회용인 것도 힘든데, 그 인생은 애초에 공평치 않게, 아니 최소한의 공평의 시늉조차 없이 주어졌다. 생이 그렇다는 것은 비밀이 아니었다. 문제는 그럼에도 어떻게든 살아야 한다는 것이다. 이 육신과 정신으로. 의술의 발전 속도와 범위를 감안한다 해도 내 생은 아마 반환점을 돌았을 것인데 여전히 내 앞에는 1968년에 받은 일회용 인생이 그대로 남아 있다.

이야기는 2023년 봄, 엄마의 빈소로부터 시작한다.

엄마의 비밀

중증의 알츠하이머를 앓던 엄마가 폐렴이 악화되어 세상을
떠난 것은 애통은 하되 놀라운 일은 아니었다. 정말 놀랄
일은 빈소에서 조용히 나를 기다리고 있었다. 엄마는
아버지보다 한 살이 위였다. 어렸을 때 엄마는 그 사실을
숨기려 했다. 사실상 동갑인데, 아버지 호적이 잘못되었다는
것이다. 하지만 빈소에서 만난 고모는 아버지가 시골로 한 살
연상의 신부를 인사시키러 왔다고 분명히 기억하고 있었다.
"당시에 할아버지, 할머니는 뭐라고 안 하셨어요?" 내가
묻자 고모는 "니 아버지가 옳게 말했을까?"라며 웃었다.
아버지는 신부의 나이를 부모에게 속였던 것이다. 그 정도는
예상했던 바여서 크게 놀라지 않았다.

오랫동안 나는 엄마의 젊은 날이 궁금했다. 엄마 나이 서른 살에 첫아이인 내가 태어났는데, 1960년대 기준으로는 꽤 늦은 편이었다. 그 무렵으로 짐작되는 사진이 한 장 있다. 엄마는 날씬한 몸매에 몸에 딱 붙는, 세련된 밝은 회색 원피스를 입고 강원도 화천의 초가집 툇마루에 아버지와 함께 앉아 있다. 아버지의 복장도 군복이 아닌, 캐주얼한 브이넥 털스웨터다. 좋은 옷을 입었지만 엄마의 표정은 어딘가 불안하며 우울해 보인다. 아버지의 표정도 밝지 않다. 정확한 날짜는 알 수 없지만 어쩐지 첫아이인 내가 태어나기 전일 것 같은 느낌이 있다. 내가 태어난 이후로는 내가 중앙을 차지하기 시작한다. 내가 가운데 아래에 있고 부모가 양쪽에서 나를 감싸듯 앉아 있다.

돌아가시기 두 해 전, 아내와 함께 시청 앞 광장이 내려다보이는 호텔의 중식당에서 엄마와 식사를 했다. 이미 알츠하이머가 심하게 진행된 상태여서 며느리를 잘 알아보지 못했고 처음 보는 젊은 새댁쯤으로 생각했다. "얼른 애부터 낳아야지." 코로나19 팬데믹이 한창이라 엄마는 검은색 부직포 마스크를 쓰고 있었는데 너무 헐렁해 자꾸만 흘러내렸고, 식사를 하느라 벗어놓은 뒤에는 다시 쓰는 것을 잊어버렸다. 며칠을 내리 썼는지도 모를, 그런 허술한 마스크로는 바이러스를 막을 수 없다는 것을 뻔히 알면서도 내 신경은 자꾸만 엄마의 마스크에 가 있었다. 저걸 잘 써야 할 텐데, 제대로 된 걸 써야 할 텐데, 벗어놓고 잊어버리지 말아야 할 텐데…… 레몬치킨 요리와 식사 사이(엄마는 짜장면을 시켰다), 엄마가 문득 텅 비어 있다시피한 시청 광장과 을지로 쪽으로 눈길을 던지며 말했다.

"내가 여기 참 많이 왔었는데."

"언제요?"

문득 돌아온 엄마의 기억을 반가워하며 아내가 물었다.

"처녀 때."

"뭐하시러요?"

이번엔 내가 물었다.

"직장 다녔지. 친구들하고 놀러도 많이 오고."

엄마는 원래 명동을 좋아했다. 열 살 때, 아버지는 파주 북단 민통선에 주둔한 육군 제1사단의 대대장으로 근무하고 있었다. 당시의 파주는 서울에서 참 멀었다. 눈이 나쁜 나를 데리고 엄마는 굳이 명동의 안과까지 군용 지프차와

시외버스, 시내버스를 갈아타는 긴 여행을 했다. 검진과
치료가 끝나면 엄마와 함께 한일관에서 냉면을 먹거나,
명동칼국수에서 칼국수를 먹었다. 엄마는 무엇이든 필요한
게 있으면 일단 거기로 나갔다. 치과 치료도, 머리 손질도,
쇼핑도 모두 명동에서 했다. 알츠하이머로 많은 기억을
잃었지만 그 병이 그렇듯 오래된 기억들은 일부 살아남아
있었다.

"무슨 직장을 다녔는데요?"

나는 타이밍을 놓치지 않고 물었다. 드디어 오랜 의문이
풀리리라 기대했다. 엄마는 도대체 아버지를 만나기
전까지 뭘 하고 살았을까. 한 번도 시원하게 답해준 적이
없었다. 이제 엄마의 뇌는 아밀로이드 베타 단백질이 쌓여
정상적으로 작동하지 않고 있고, 그렇다면 아들에게 오래
숨겨온 이십대의 삶을 자기도 모르게 털어놓을지도 몰랐다.
그러나 엄마는 그 질문에 언제나처럼 대답을 회피했다.
그냥 직장, 이라고만 답했고 식사가 나오면서 그 화제는
끝이 나버렸다. 그날 엄마는 지난 몇 년간 보이지 않던
왕성한 식욕으로 자기 몫의 음식을 해치웠다. 어쩌면 대화를
이어가기 힘들어 눈앞의 음식에만 집중했는지도 모른다.

아들은 알겠는데, 아들 옆에 있는 여자는 도무지 누구인지 모르겠는 상태에서 엄마는 말이 통하지 않는 외국인에게나 보여줄 법한 과한 친절의 표정으로 어서 이 불편한 자리가 끝나기를 기다렸던 것 같다.

그러고 보니 며칠 전 새벽, 엄마와 함께 한일관에 가서 냉면을 먹는 꿈을 꾸었다. 꿈에서 깨어나면서 처음 들었던 생각은, 아, 꿈이었구나, 였고, 차츰 정신이 들면서는 아, 엄마는 이제 이 세상에 없구나, 작년에 돌아가셨지, 하는 것이었다. 어린 날, 화려한 명동에 나와 외식을 했던 경험과 엄마에 대한 기억은 강하게 결부되어 있었다. 엄마는 외향적인 사람이었고, 스포츠와 외출과 사람 만나기를 좋아했다. 좋아하지 않았던 것은 육아와 집안일, 요리였다. 청소나 요리를 못하는 것은 아니어서 집은 늘 깔끔했고 끼니마다 상도 잘 차리셨으며 내 도시락은 늘 친구들의 부러움을 살 정도였다. 그래도 그 세 가지는 틈만 나면 다른 사람에게 맡기고 싶어했다. 이십대를 직장 여성으로 살았던 영향일지도 모른다.

빈소에는 엄마의 오랜 친구들이 여럿 모였다. 망자에 대한 추억담이 오가기 시작할 때 나는 오래 궁금했던 것을 그분들에게 물었다.

"저희 어머니, 결혼 전에 무슨 일 하셨어요?"

친구분들이 내 질문에 약간 놀라며 서로를 돌아보았다.

"너 몰라?"

"얘기 안 하셨어요."

답을 말해준 분은 내가 갓 돌이 지났을 때 찍은 사진에도

등장하는, 아버지와 전방에서 함께 근무하던 동기생의

부인이었다.

"너네 엄마……"

잠깐의 짧은 침묵.

"……여군이었잖아."

내가 전혀 몰랐다고 하자 다들 재밌어하며 앞다투어 엄마의

과거를 증언하기 시작했다.

"우리한테도 숨겼어. 그런데 우리가 알아냈지. 여군 때

친구가 자주 놀러왔었거든."

다른 분이 득의만만하게 말했다. 그 친구분이 누군지 알 것

같았다. 성격이 시원시원하고 키도 큰 분으로 우리가 어디에

살든 일 년에 몇 번은 놀러왔고, 왔다 하면 오래 머물렀다.

"왜 숨기셨을까요?"

"몰라."

다들 고개를 저었다. 한 분만이, 당시에는 여자가 직업을 가진 게 자랑이 아니었으니까, 라고 말했다.

"여염집 규수가 최고였지, 신붓감으로는."

"어디서 근무하셨어요?"

"용산 삼각지. 육군본부. 타자수였다는 것 같아."

지금은 대전에 있는 육군본부가 그 시절에는 용산에 있었다. 1938년생으로 칠 남매 중 막내였던 엄마는 어려서 양친을 잃고 오빠들의 집을 전전하며 성격 괄괄한 '막내고모'로 살다가 무슨 동기에서였는지 갑자기 여군이 되었다. 그리고 장교인 아버지를 만나 결혼한 뒤, 주변과 자식들에게 여군이었던 시절을 숨겼다. 그리고 내가 물을 때마다 그냥 외삼촌 집에 얹혀살다가 누군가의 소개로 아버지를 만나 사귀기 시작했고 아버지가 베트남 파병에서 돌아오자마자 결혼을 했다고 말했었다. 모두가 그냥 믿어주었던 그 이야기는 인물을 만드는 게 업인 소설가인 아들에게는 잘 통하지 않았다. 사람들이 즐겨 말하는 것보다 말하지 않는 것에 중요한 무엇이 숨어 있을 때가 많다. 그래서 한때 나는 엄마가 재혼을 한 것은 아닐까, 어딘가에 나의 이부형제가

살고 있는 것은 아닐까 상상해보기도 했다. 그러나 그런
일은 없었고, 엄마는 그저 여군으로, 나라에서 주는 월급을
받으며, 동료 여군들과 함께 세련된 양장을 차려입고
주말이면 명동을 활보하는 이십대를 보냈던 것이었다.
그날 빈소에서 엄마의 비밀은 팔십이 훌쩍 넘은 친구분들을
아득한 이십대로 데려갔다. 엄마와 달리 그분들은 앞다투어
젊은 날의 경험들을 털어놓기 시작했다. 아버지 동기생 부인
한 분은 자신도 고등학교 3학년 때 여군에 지원하러 갔지만
접수를 받는 남자 군무원이 여자들이 집에서 살림이나
하지 어디 나다니냐며 그냥 돌아가라고 해서 포기했는데,
만약 그때 자기가 여군이 되었다면 전혀 다른 인생을
살았을 거라고 과거를 고백했고, 그러자 다른 분들이, 그
얘기 처음 듣는다며, 왜 그동안 자기들에게 숨겨왔느냐고
웃으며 따졌고, 그러자 그분은, 아무도 안 물어봤잖아, 라고
항변했다. 여군이었던 엄마가 장교인 아버지와 결혼하고,
역시 한때 여군을 지원할 마음을 품었던 분이 아버지의
동기생과 맺어진 것은 우연이 아니었을 것이다(아버지 역시
청소년기에 여군과 인연이 있었다. 그 얘기는 뒤에 하겠다).
인생은 중간에 보게 된 영화와 비슷한 데가 있다. 처음에는

인물도 낯설고, 상황도 이해할 수 없다. 시간이 지나면
그럭저럭 무슨 일이 일어났고, 일어나고 있는지 조금씩
짐작하게 된다. 갈등이 고조되고 클라이맥스로 치닫지만
저들이 왜 저렇게 행동하는지, 무슨 이유로 저런 일들이
일어나는지 명확히 이해하기 어렵고, 영원히 모를 것
같다는 느낌이 무겁게 남아 있는 채로 엔딩 크레디트가
올라간다. 바로 그런 상태로 우리는 닥쳐오는 인생의
무수한 이벤트를 겪어나가야 하고 그리하여 삶은 죽음이
찾아오는 그 순간까지도 어떤 부조리로 남아 있게 된다. 이
부조리에다 끝내 밝혀지지 않은 어떤 비밀들, 생각지도 않은
계기에 누설되고야 마는, 굳이 숨길 필요도 없어 보이는
사소한 비밀들까지 더해진다. 그날의 빈소는 마치 소설의
반전과도 같았다. 반전은 독자의 선입견과 자만심을 통렬히
일깨우면서 이야기 전체와 인물을 새롭게 보게 만드는 극적
장치로, 그날 나는 누구보다도 잘 알고 있다고 자부했던
엄마라는 인물에 대해 내가 별로 알고 있는 게 없을 수
있다는 것을 깨달았다. 엄마는 내가 아직 이 세상에 존재하지
않던 시절의 자신에 대해 입을 다문 채 이 세상을 떠났고,
그럼으로써 내게는 제한된 정보만으로 독자가 적극적으로

상상해내야 하는, 소설 속 인물들과 다르지 않게 되었다.

세월이 흐를수록 기억은 더욱 희미해지고 상상과 뒤섞일 것이다. 무엇이, 누가 실제로 어떻게 존재했는가는 모호해질 것이다. 기억에도 반감기가 있다면 그것은 언제일까. 그날의 빈소에서 나는 그런 것들을 생각하고 있었다.

아이와 로봇

나는 11월생이다. 근대의 학교들은 대체로 일 년 단위로
학생을 모집하기 때문에 가을이나 겨울에 태어난 아이들은
봄여름 출생에 비해 발육이 늦되어 학교생활이나 학습에서
불리하다. 캐나다 아이스하키 청소년 명문 구단 선수들의
생일을 분석했더니 전체 선수의 40퍼센트가 1월에서
3월 사이에 태어났고 상반기 출생 선수까지 합치면 무려
70퍼센트에 이른다는 연구가 있다. 11월과 12월에 태어난
선수는 모든 엘리트 하키팀에서 10퍼센트에 불과했다고
한다. 그러니까 내가 캐나다에서 태어났다면 아이스하키
선수는 포기하는 게 현명했을 것이다. 아이스하키는 신체적
접촉이 많고, 덩치가 중요하다. 성장기 아이들에게 몇 달

차이는 체격과 체력에서의 큰 격차를 의미한다. 몇 달 먼저 태어난 것만으로도 선수로 선발되는 데 크게 유리하다. 11월에 태어난 것만으로도 동년배들에 비해 크게 불리했는데, 엄마는 그도 모자라 나를 한 해 일찍 국민학교에 입학시켰다. 세상에 태어난 지 오 년 삼 개월 만에 국민학교 입학식장에 서 있게 된 것이다. 그 시절의 사진을 보면 또래보다 확실히 작고 발육이 덜 됐다는 것을 한눈에 알 수 있다. 운동장에서 하는 모든 신체적 활동으로부터 멀어진 것은 자연스러운 귀결이었다. 먼 훗날 엄마에게 왜 그렇게 일찍 국민학교에 보냈는가 물어보았더니, 동네에 유치원이 없어서였다는, 참으로 그분다운 답이 돌아왔다. 이제는 이해한다. 더운물도 나오지 않는 전방의 셋집을 전전하며 첫아이를 키우는 오 년이 도시 여자 엄마에게 쉽지는 않으셨으리라.

열 살 때 양평에서 연탄가스 중독으로 이전의 거의 모든 기억을 잃었지만 지금도 남아 있는 몇몇 장면이 있다. 국민학교 1학년 때였던 것 같은데, 화장실을 가리지 못해 사고가 났고 선생님이 집으로 이를 알렸다. 반 아이들이 모두 얼굴을 찌푸리며 나를 피하는 가운데, 담임선생님이

그래도 침착하게 나를 어딘가로 따로 데려가 집에서 사람이
올 때까지 같이 있어주었다. 출타중이었던 엄마 대신 집에
와 있던 친척 누나가 학교로 와서 나를 데리고 갔다. 이후로
오랫동안 나는 학교에서는 화장실을 가지 않고 끝까지
참아보는 버릇이 생겼다. 대학에 가서는 하루종일 학교에
머물렀으므로 집 화장실처럼 여길 화장실 하나를 정해놓고
거기만 다녔다. 캠퍼스 안에 예배당이 하나 있었는데,
평소에는 고요하고 인적이 없어서 거기로 정했다.

국민학교 2학년 때에도 담임선생님이 방과후에 나만 남겨
따로 글씨 연습을 시켰다. 발육이 늦고, 다른 아이들과 잘
어울리지 못해 마음이 쓰이셨던 것 같다. 글씨 연습을 하던
그 노트의 이미지가 지금도 선명하다. '독수리 필기장'이라는
제목은 조금 거센 필체로 쓰여 있었고, 표지 속 독수리는
날카로운 부리와 눈으로 나를 노려보고 있었다. 신체 발육만
늦은 게 아니라 지력이나 사회성 발달도 뒤처졌던 것 같다.
게다가 일 년에 한 번씩 다른 지방으로 임지를 옮기는 군인
아버지 때문에 전학을 여섯 번이나 해야 했다. 학교를 너무
일찍 들어간 어린이에겐 지금이 아닌 당시의 기준으로
보더라도 가혹한 데가 있다.

엄마도 가끔 나를 일찍 입학시킨 것을 후회하곤 했다.
당신 보기에도 아들이 또래보다 작고, 성적도 좋지 않았던
것이다. 보상이라도 하겠다는 듯 엄마는 매일 아침 우유
500밀리리터를 마시게 했다. 그래야 키도 쑥쑥 크고 머리도
좋아진다는 것이었다. 매일 마신 우유의 효과라기보다는
뒤늦게 작동한 유전자 시계의 명령에 따라 나는 고등학교에
들어가고 나서야 본격적으로 키가 자라고 이차성징의
발현도 시작되었다. 어려서부터 운동에는 끼지 못했으니
체력은 매우 약해서 고등학교 입학 체력장에서는 참가만
하면 받을 수 있는 점수인 16점을 받았고, 100미터를 달리는
데 18초나 걸렸다. 고등학교 1학년 말의 성적은 반에서
중간 정도였고, 부모는 서울에 있는 대학에 보낼 수 있을지
걱정하기 시작했다.

2학년에 올라가면서 특별활동반으로 영어반을 선택했다.
영어로 소설을 읽는다는 소개에 혹했던 것이다(독서는
내가 가장 자신 있는 일이었다). 첫 시간에 의욕 넘치는
영어 선생님이 학생들에게 아이작 아시모프의 SF 단편
「거짓말쟁이 Liar!」를 복사하여 나눠주었다. 자연스럽게 그
반의 리더가 된 아이가 있었는데 전교 학생회장이었고

나와는 같은 반이었다. 유인물을 나에게 넘겨주면서 그는
학생회장다운 다정하고 상냥한, 서울 토박이의 조금
간지러운 톤으로 물었다.

"영하야, 괜찮겠니? 너무 어렵지 않겠어?"

영어반은 전두환 정권의 과외 금지 정책으로 재학생 대상의
학원이나 과외 수업이 금지돼 있던 그 시기에 성적이 우수한
아이들의 보충 수업처럼 운영되는 특별활동반이었는데,
나만 몰랐던 것이다. 어쨌든 나는 학생회장의 '따뜻한'
염려의 마음을 무시하고 그 반에 계속 남았다. 도수
높은 근시 안경을 쓴 영어반 선생님은 열의가 넘치셨고
당시에는 국내에 번역도 되지 않았던 「거짓말쟁이」는 무척
재미있었다. 무엇보다 이 단편이 수록된 연작단편집 『아이,
로봇』에는 유명한 '로봇 3원칙'이 처음으로 등장한다.

제1원칙: 로봇은 인간에 해를 가해서는 안 된다. 그리고 위험에
처한 인간을 모른 척해서도 안 된다.

제2원칙: 제1원칙에 어긋나지 않는 한 로봇은 인간의 명령에
복종해야 한다.

제3원칙: 로봇은 제1원칙과 2원칙에 어긋나지 않는 한 로봇

자신의 존재를 지켜야 한다.

「거짓말쟁이」에는 사람의 마음을 읽는 텔레파시 능력을 가진
로봇 RB-34, 일명 허비가 나온다. 로봇 심리학자 수전 캘빈
박사는 연하의 연구원인 애시가 자기를 사랑하기를 바란다.
로봇 허비는 애시도 캘빈 박사를 사랑하고 있다고 말한다.
이것은 사실이 아니다. 캘빈 박사는 로봇 허비가 모두가
내심 듣고 싶어하는 말을 해줄 뿐이라는 것을 알아차린다.
바로 로봇 3원칙의 딜레마 때문이다. 예컨대 '그는 당신을
사랑하지 않아'라고 곧이곧대로 말해줄 수 없는 것이다.
그 말을 들으면 짝사랑을 하는 인간의 마음을 다치게 하여
'해를 가하'게 되기 때문이다(제1원칙 위배). 하지만 그렇다고
대답을 하지 않으면 인간에 대한 복종의 의무인 제2원칙을
위배하게 된다. 제대로 대답하지 않아 화가 난 인간이
로봇을 부술 수도 있다. 그렇게 되면 로봇은 '자신의 존재를
보호해야' 하는 제3원칙을 위배하는 결과를 빚게 된다. 이
원칙은 지금 우리가 쓰는 로봇 청소기에도 적용되어 있을
것이다. 로봇 청소기는 당연히 인간에게 해를 가해서는 안
된다. 또한 로봇 청소기를 다른 인간을 공격하는 무기로

사용해서도 안 된다(제1원칙). 로봇 청소기는 물론 1원칙을
어기지 않는 범위에서 인간의 명령을 따라야 한다(제2원칙).
청소를 하는 것이다. 그러면서 동시에 계단이나 구멍을
감지하면 멈춰 서서 자신의 존재를 보호해야 한다(제3원칙).
나는 이 로봇 3원칙에 이상할 정도로 끌렸다. 나중에
여러 사람과 기회가 있을 때마다 이것을 화제로 대화를
시도했지만 흥미를 보인 이는 거의 없었다. 내가 로봇을 만들
것도 아닌데 무슨 상관이란 말인가, 같은 표정이었다.
그 영어반 선생님이 아직 살아 계실지 모르겠지만 반에서
가장 눈에 안 띄던 학생이 먼 훗날 인간보다 더 인간 같은
안드로이드를 주인공으로 한 장편소설의 작가가 되었다는
것을 알게 되면 어떤 마음이실까 가끔 생각해보곤 한다.
그러나 영어반 시절에서 가장 많이 떠올리는 장면은 역시
유인물을 넘겨주며 내게 상냥하게 말을 건네던, 전교
학생회장의 '부드러운 적대'다. 인간은 사회적 동물이어서
환대보다 적대를, 다정함보다 공격성을 더 오래 마음에 두고
기억한다. 어떤 환대는 무뚝뚝하고, 어떤 적대는 상냥하다.
그러나 시간이 지나면 그게 환대였는지 적대였는지 누구나
알게 된다.

대학교 신입생 시절도 끝을 향해 가던 11월. 나는 성당
청년 성가대에서 베이스 파트로 활동하고 있었고 막내였다.
생일을 하루인가 이틀인가 앞둔 날, 성당 지하 성가대
모임방에 모여 있는데 갑자기 불이 꺼지고 문이 열렸다.
불을 붙인 초가 꽂힌 작은 케이크를 들고 성가대원들이
들어왔다. 성가대원들답게 화음까지 넣은 생일 축하
노래도 부르면서였다. 열여덟 살에 처음 경험한 제대로
된 생일 축하였다. 그전까지 생일엔 엄마가 끓여주는
소고기미역국이 전부였고 케이크와 초까지 준비한 이런
깜짝 축하는 한 번도 받아본 적이 없었던 것이다.
첫 반응은 당황이었다. 십팔 년 전, 강원도 산골에서
태어난 것이 이렇게 환영받을 일일까. 내가 이런 것을 받을
자격이 있을까. 초를 끄고 불이 켜지자 다시 모두의 환한
얼굴이 보였다. 하나하나 환대의 인격화였다. 누군가의
탄생을 축하하기 위해 모인 그들이야말로 천사였고
동방박사들이었다. 뭐라고 말을 했는지도 모르겠고, 어떻게
그 순간이 지나갔는지도 모르겠지만, 지금까지도 가장
인상적인 생일의 기억으로 남아 있다. 가장 낮은 자로
이 세상에 온 구세주의 탄생을 가장 큰 축일로 기념하는

종교여서 그런지 성가대원들은 누군가의 생일을 참
열심히도, 그리고 그럴듯하게 축하해주었다. 아이의 생일을
축하하는 풍습이 거의 없는 가정에서 자란 나에게는 일종의
문화충격이었다.

구세주의 탄생은 그렇다고 쳐도 평범한 인간의 생일은
왜 축하하는 것일까? 그것은 고통으로 가득한 삶을 함께
살아가는 이들이 서로에게 보내는 환대의 의례일 것이다.
모두가 가고 싶어하는 좋은 곳에 온 사람들끼리 환대하는
것은 쉽다. 원치 않았지만 오게 된 곳, 막막하고 두려운
곳에 도착한 이들에게 보내는 환대야말로 값진 것이다.
생일 축하는 고난의 삶을 살아온 인류가 고안해낸, 생의
실존적 부조리를 잠시 잊고, 네 주변에 너와 같은 문제를
겪는 이들이 있음을 잊지 말 것을 부드럽게 환기하는 의식이
아닌가 싶다. 괴로움으로 가득한 세상에서 동료들이 주는
이런 의례마저 없다면 삶이 내 의지와 무관하게 강제로
시작된 사건이라는 우울한 진실을 외면하기 어렵다.

그런데 로봇 3원칙은 열여섯 살의 나에게 왜 그렇게도
인상적이었을까. 저 3원칙에 '로봇' 대신 '아이'를, '인간'
자리에 '부모'를 넣어보니 이해가 되었다. 한창 사춘기였던

그 시절의 나는, 부모에게 해를 가하지 않고, 부모의 지시를 따르면서, 동시에 스스로를 보호해야 하는 참으로 어려운 과제를 수행하고 있었던 것이다. 부모에 의해 창조되었고 부모의 통제하에 있었다는 점에서 나와 로봇은 별로 다르지 않았다.

야로의 희망

엄마는 큰 수술과 입원을 여러 번 겪었다. 전쟁과 전후의 혼란을 겪은 피란민 세대답게 엄마는 시스템이나 절차 같은 것은 믿지 않았다. 언제나 '뒷문'과 '야로'가 있다고 생각했다. '아는 의사'나, 안 되면 '지인의 지인이 아는 의사'라도 찾으려 했다. 친정 조카의 아내, 그러니까 엄마 입장에서는 질부가 종합병원의 수간호사였는데 그 경력 때문에 무슨 일만 생기면 엄마는 질부를 호출했다. 수간호사를 그만두고도 몇십 년은 엄마에게 시달렸던 것 같다. 질부에게도 그럴 정도였으니 자식에게도 당연히 그런 것을 기대했다. 그러나 나는 '아는 의사'가 없었다. 그것도 엄마에게는 변명이 되지 않았다. 어떻게 버젓한 의대가 있는

종합대학을 칠 년이나 다니고도 아는 의사가 하나도 없을
수 있는지 이해를 못했다. 지인의 지인의 지인이라도 있지
않겠냐는 것이다.

엄마에게는 살아오면서 '뒷문'과 '야로'로 성공한 경험이 좀
있었던 것 같다. 어렸을 때는 몰랐지만 집안 돌아가는 사정을
웬만큼 알고부터는 엄마의 움직임이 눈에 들어왔다. 가장
큰 성과는 아버지의 재취업이었다. 중령으로 계급정년에
걸려 군문을 떠난 아버지는 한 일 년은 집에서 그냥 쉬었다.
그 무렵 나는 사춘기를 지나고 있었고, 언제나 부재에
가까운 상태이던 아버지와 하루종일 집에 같이 있는 상황이
어색하고 불편했다. 어느 날 아버지는 방바닥에 굴러다니는
머리카락이 정전기에 반응한다며 정전기를 이용한 청소
도구를 특허 내면 성공할 것 같다고 했다. 그러면서 나일론
천에서 발생하는 정전기로 먼지와 머리카락을 청소하는
시범도 보였다. 나는 깊이 생각해보지도 않고, 그런 게
가능하면 왜 세계적인 기업들이 벌써 안 만들었겠냐고
일소에 부쳤다. 그러나 세월이 흐르자 3M에서 아버지가
만들려고 했던 바로 그 정전기 청소포를 출시했고, 나도
열렬한 사용자 중 하나인데, 그걸 쓸 때마다 몸을 쪼그려

방바닥에서 유심히 머리카락을 집어올리던 아버지의 모습이
떠오른다.

엄마는 나보다 훨씬 더 아버지의 그런 모습을 못마땅해했을
뿐 아니라 어서 해결해야 할 골칫거리로 보았기에
적극적으로 움직였다. 아버지라고 은퇴 후 계획이 없었던
것은 아니다. 마지막 근무지였던 충주에서 아버지는 부업
삼아 양봉과 버섯 농사를 시도했는데 그럭저럭 산출이
괜찮았다. 둘 다 인적이 드문 산속에서 해야 하는 일이었던
걸 생각해보면 아버지는 본질적으로 내향인이었다. 문제는
엄마는 버섯 농사꾼이나 양봉업자의 아내로 시골에서 살
생각이 전혀 없었다는 것이다.

어려서 외할머니를 여읜 엄마가 '어머니'라 부르며 따르던
분이 서울 은평구 신사동에 살고 계셨는데, 어떤 계기로
그분의 수양딸이 되었는지는 모른다. 아마 여군 시절의
상사가 아니었을까 싶은데, 당신이 여군이었던 과거를
숨기려다보니 자식들에게 감추었던 것 같다. 엄마는 이분을
통해 군 출신의 힘있는 사람들과 연결을 시도했다. 그리고
동시에 '과천 사모님'이라고 부르던, 오래전 아버지가 군에서
상사로 모시던 분의 부인에게도 청탁을 넣었다. 아버지의

월악산 꿀벌들이 부지런히 모아온, '설탕 한 숟갈도 타지
않은 100퍼센트 천연 벌꿀' 같은 선물을 철마다 받아온
이 '과천 사모님'의 연줄이 엄마의 희망이었다. 구체적으로
어떤 방법을 썼는지는 모르겠지만 이분 덕에 아버지는
시중은행의 예비군 대대장 자리를 얻을 수 있었다. 다른
'빽'으로 밀고 들어오는 지원자와 마지막까지 다투었는데,
최종적으로 아버지가 된 것이다. 엄마는 이 기쁜 소식과
자신의 활약을 거실에 있는 전화통을 붙잡고 하루종일
지인과 친지들에게 알렸고 자연스럽게 내 귀로도 들려왔다.
엄마에게 종합병원은 군과 다르지 않았다. 병원장이 있고,
그 아래에는 의사들이 있고, 간호사를 비롯한 다른 직군의
의료 인력이 하부를 이룬다. 엄마 눈에는 명령 체계와
서열이 분명해 보였다. 부대장과 장교, 부사관과 사병으로
구성된 군부대를 똑 닮았고, 70~80년대의 군은 그렇게
청렴하다고는 볼 수 없는, 인맥과 출신, 때로는 뇌물이 모든
것을 좌우하는 곳이었기에 병원 역시 그럴 것이라 확신했다.
따라서 당신이나 아버지, 동생이 병원에 입원할 때마다
'야로'를 통한 특별 대우를 바랐고, 그게 되지 않을 때면
'자식 공부시켜놔봐야 소용이 없다'는 식으로 못마땅해했다.

엄마가 그런 분이라는 것을 잘 알고 있었기에 나는 이름이
좀 알려진 뒤에는 엄마가 입원한 병원에 갈 때마다 의료진이
혹시라도 나를 알아보지 않도록 노력하고 조심했다. 하지만
소용이 없었다. 엄마는 의료진을 만날 때마다 우리 큰아들이
소설가 아무개인데 혹시 아느냐고 물었던 것이다. "간호사가
너 안다더라. 네 책 많이 읽었대" 같은 내용의 전화를
받으면(그런 얘기는 병실의 다른 환자와 보호자 다 들으라는
듯 늘 큰 소리로 했다) 나는 병원 방문 횟수를 줄일 수밖에
없었다. 엄마의 아들 불효자 만들기 프로젝트는 계속되었다.
엄마는 내가 누구인지 병원에서 알면 내가 병원에 더 자주
올 것이고, 병원에서도 당신을 특별 대우할 거라 생각했지만,
결과는 반대였다. 엄마는 내 책의 독자인 간호사나 의사가
자꾸만 내가 왜 오지 않느냐고 묻는다며 내 죄책감을
자극했고, 이것은 내게 큰 괴로움이었다.

이런 식의 일들이 병원에서만 일어난 것은 아니었으므로
나는 정반대의 편향을 갖게 되었다. 부탁을 해도 될 만한
일도 부탁하지 않게 되었고 아는 사람이 있는 곳이면 피해
다니는 사람이 되었다. 엄마의 바람대로 살지 않으려면 나
자신이 아예 다른 종류의 사람이어야 한다고 생각했다.

사십대 초반에 뉴욕에서 잠시 살게 되어 아파트를 구해야
했다. 뉴욕에 아는 사람이 있다며 소개를 해주겠다는 이들도
있었다. 친절은 고마웠지만 앞서 말한 편향 때문에 나는 그런
것을 잘 받아들이지 못했다. 그래서 직접 가서 눈으로 보지도
않고 중개사가 인터넷에 올려놓은 사진만 보고 살 집을
구해버렸다. 계약서는 이메일로 주고받았다. 번거로운 일이
많았지만 마음은 편했다. 여행도 마찬가지여서 지금까지
많은 도시를 다녔지만 정말 특별한 사정이 없는 한 여행지에
지인이 살고 있는 것을 알아도 연락하지 않는다. 그저 그가
이 도시에 있겠거니 생각하면서 여행자로서 겪을 일을 겪는
쪽이다.

어떤 식으로 살든 인간은 다 익숙해진다. 나는 지인과
'야로'에 의존하는 엄마 방식보다 좀 어렵더라도 혼자 밀고
나가는 내 방식이 이제는 더 익숙하다. 익숙할 뿐 아니라
이게 더 현명하다고까지 생각한다. 우리와 같은 시기에 평소
알고 지내던 부부가 지인의 도움으로 맨해튼에서 일 년을
지낼 아파트를 구했는데, 내가 인터넷으로 매물 사진만 보고
일면식도 없는 현지 부동산 중개인에게 구한 곳보다 더 나아
보이지는 않았다. 지인 덕을 보는 경우가 많아 보여도 내막을

들여다보면 별로 그렇지도 않은 경우가 꽤 있었다. 지인이 개입된 일은 냉정하게 거절하기도 어려워 울며 겨자 먹기로 받아들여야 할 때도 많다.

의료계에 VIP 증후군이라는 것이 있다는 사실을 알았을 때 반가웠다. 이 증후군은 사회적으로 영향력 있는 사람이나 의사 자신에게 특별한 사람, 특히 본인의 가족을 수술해야 할 때 의사들이 긴장하고 부담감을 느껴 도리어 기대에 못 미치는 결과를 내는 현상을 말한다. 부담감도 부담감이지만, 환자가 불편해한다는 이유로 꼭 해야 할 검사를 누락하기도 한다고 한다. 그런데 이런 VIP 증후군은 과연 의료 현장에서만 일어날까? 예를 들어 내 자녀의 교사와 내가 친구라면 내 자녀는 더 좋은 교육을 받게 될까? 경찰관을 알고, 법관을 알고, 정치인을 알고, 유명인을 알면 삶이 더 편하고 좋아질까? 친구가 자기 자식의 글을 읽고 소설가의 자질이 있는지 냉정하게 판단해달라고 하면, 내가 사실대로 말하게 될까? 언젠가 엄마에게 이 VIP 증후군의 사례를 들며 '아는 의사'의 무용함, 아니 위험성을 설득해보았지만 씨알도 먹히지 않았다. "싫으면 고만둬라" 같은 말이 돌아왔을 뿐이다.

아버지는 엄마의 뜻대로 은행의 예비군 대대장으로
재취업했다. 주변에서는 아버지의 행운을 부러워했고
엄마의 노력을 칭송했다. 그러나 아버지의 직장생활은
덜컥였다. 사회성이 부족한 아버지가 은행이라는 낯선
조직에서 버티기 위해서는 알코올의 도움이 필요했다.
자주 만취해 새벽이 되어서야 귀가했고, 부부간의 불화가
잦아졌다. 엄마가 지인과 인맥을 동원해 어렵게 얻은
자리였으나 오래 다닐 수도 없었다. 어느 밤 아버지는
문이 닫힌 안방에서, 그래도 끝까지 버텨보라고 호소하는
엄마에게 '이제는 더 못 버틸 것 같다'고 거의 울듯이
토로하고 있었다. 얼마 지나지 않아 아버지는 명예퇴직
동의서에 도장을 찍고 은행을 떠났다.
그 무렵 아버지가 양봉에 대해 꿈꾸듯 말하던 모습들이
기억난다.
"벌통을 철마다 적당한 자리로 옮겨놓고 나는 산속에 텐트
치고 꽃이나 보면서 쉬면 돼. 아무것도 신경을 쓸 필요가
없어. 나는 그렇게 살다가 죽고 싶다."
버섯 농사에 대해서도 뚜렷한 비전이 있었다. 폐터널을
하나 임대해 거기서 축축한 나무둥치에 버섯 포자를 심고

저절로 자라기만 기다리면 된다고 했다. 물론 그렇게까지
쉬울 리야 없겠지만 나는 그런 삶이 아버지에게 더 어울렸을
거라고, 열 배는 더 만족스러웠을 것이고, 경제적으로는 덜
풍족했을지라도 우리 가족에게도 좋았을 거라고 지금도
생각하고 있다.

엄마의 마지막 병원 생활은 중증의 알츠하이머 때문이었고
코로나19 바이러스로 인한 팬데믹으로 병원들은 거의 격리
상태가 지속되었다. 그때쯤 엄마는 더이상 의료진을 붙잡고
큰아들이 누구인지를 말할 수 없었고, 어서 아는 의사를
찾아오라고 나를 닦달하지도 못했다. 그러나 나는 잘 알고
있었다. 엄마의 정신이 온전했다면 최후까지 포기하지
못했을 희망이 바로 그것이라는 것을.

우물 정 자
천 개

아버지에 대해서도 할 얘기가 좀 있다. 어렸을 때 아버지는
내가 글씨를 너무 못 쓴다며 우물 정井 자를 하루에
천 개씩 쓰라고 했다. 글씨를 잘 써야 성공한다고 굳게
믿었던 아버지는 제멋대로인 내 정신세계가 그대로 반영된
글씨를 못마땅해했다. 나보다 인생을 한참 오래 산 분의
말이고 반박할 논리도 떠오르지 않아 나는 매일 우물 정
천 자를 쓰기 시작했다.
우물 정 자를 그리 써도 내 글씨는 나아지지 않았다.
아버지의 교수법은 효과가 없었다. 팔만 아팠다. 중학교에
들어가서는 펜글씨 교본이라는 것을 사서 연습하기도 했다.
혹시 나중에 자필로 답안을 작성하는 사법시험 같은 것을

볼 생각이었다면 좀더 열심히 했겠지만 어쩐지 법복을 입고
남의 운명에 개입하는 일은 결코 하지 않을 것 같았다.

대학원을 졸업하고 군에 입대한 것이 1993년이었다.
한글과컴퓨터사가 창립된 해가 1990년이니까 그때 이미
많은 대학원생들은 워드프로세서로 글을 쓰고 있었고 나
역시 마찬가지였다. 글씨에 자신이 없던 나는 일찍부터
타자를 배웠고, 전동타자기라는 신문물이 나오자 부모를
졸라 선물로 받았다. 훈련소를 나와 자대에 배치되자 글씨
잘 쓰는 사람은 손을 들라고 했다. 워드프로세서 프로그램이
출시된 지 몇 년 되었지만 여전히 군에서는 글씨를 잘 쓰는
사람을 필요로 했다. 군대의 브리핑에는 반드시 괘도掛圖가
필요했다. 전지 크기의 백지에 반듯하게 사람 손으로 글과
도표를 쓰고 그려야만 했는데 그런 일을 하는 병사를
괘도병이라 불렀다. 저 녀석은 편하게 앉아 글씨만 쓰겠군.
다들 괘도병을 부러워했지만 나중에 알고 보니 그렇게
한가한 보직도 아니었다. 상관 앞에서 브리핑을 해야 하는
간부들이 잠도 안 재우고 끝없이 괘도를 다시 쓰게 하는
경우가 많았던 것이다.

나는 헌병대 수사과에 배치되었는데 다행히 손으로 글을

쓸 일이 거의 없는 보직이었다. 대신 4벌식 수동타자기와
2벌식 전동타자기, 컴퓨터 자판을 다 잘 쳐야만 했다.
타자기부터 컴퓨터 자판까지를 다 경험한 '늙은' 사병인
내게는 어렵지 않은 일이었으나 다른 병사들은 각기 자판의
배열과 사용법이 다른 기기들 사이에서 꽤 헤맸다. 유지비를
아끼기 위해 분량이 많은 조서는 4벌식 수동타자기로
철커덕철커덕 요란한 소리를 내며 타이핑했다. 손가락 힘이
많이 필요했다. 검찰로 보내는 의견서 같은 문서는 분량도
좀 적었고, 또 군 검사들이 깔끔한 문서를 선호했기 때문에
2벌식 전동타자기로 작업해 질이 좋은 종이에 인쇄했다.
마지막으로 육군본부나 국방부로 보내는 첩보 보고는 굳이
출력할 필요가 없었기 때문에 컴퓨터 키보드로 입력했다.
하루종일 이 세 기기를 왔다갔다하면서 일했는데 내 타이핑
속도가 빨라서 간부들이 좋아했다. 촌각을 다투는 일은 모두
나에게 떨어졌고 사건들 중에 느긋하게 처리할 일은 거의
없었기 때문에 야근이 잦았다.

수사과에 배치된 지 얼마 안 돼서 사단본부의 행정병
고참들이 나를 불러냈다. 메시지는 간단했다. 아직 간부들은
워드프로세서의 고급 기능을 모른다. 명심해라. 육군에는

글자 크기가 단 두 개다. 보통 크기 그리고 두 배 크기다. 포인트 같은 것은 잊어라. 이탤릭이나 볼드체, 역상逆相 같은 다양한 꾸밈을 시도하지 마라. 단 밑줄 긋기는 허용된다. 너 하나 잘 보이려고 온갖 기능을 간부들에게 보여주면 나중에 우리 모두 고생하게 된다. 알았나? 대부분 대학을 다니다가 왔거나 졸업하고 온 행정병들은 나만큼이나 문서 작성 프로그램을 잘 다뤘지만 일종의 담합을 통해 일부러 낮은 수준의 기능만 사용하고 있었다. 러다이트 운동 같은 기술 지체가 일어나는 현장이었는데 이런 사보타주가 그후로 얼마나 더 가능했을지는 모르겠다.

내가 등단하던 1995년 무렵만 해도 선배 작가들은 대부분 원고지에 손으로 글을 쓰고 있었다. 당시에 높이 치는 문학 편집자의 능력 중에는 유명 작가의 악필 '해독'이 있었다. 샘터사에는 오랜 세월 최인호 선생님의 원고를 받아 편집 가능한 파일로 만드는 편집자가 있었다. 글을 워낙 흘려 쓰시는 분이어서 본인도 나중에는 뭐라고 썼는지 못 알아볼 정도의 원고도 그 편집자는 판독할 수 있었다. 등단 이후 툭하면 받았던 질문은 '소설을 컴퓨터로 쓰면 손으로 쓰는 것과 어떻게 다르냐'는 것이었다. '신세대' 작가들은

곧잘 이런 질문을 받았고, 이런 질문에는 손으로 한 자 한
자 꾹꾹 눌러쓰는 것이 참된 작가의 자세이고, 키보드로
빠르게 타이핑해 프린터로 '찍어내'는 소설은 충분한 사유가
뒷받침되지 않은 '속성' 문학이라는 당시의 통념이 깔려
있었다. 타자는 오랫동안 낮은 직급의 여성 사무원들이
해온 일이었다. 실업계로 진학한 가정 형편이 넉넉지 않은
여성들에게 타자 자격증은 부기나 주산과 함께 필수였다.
그래서 더 폄하되었던 것 같다. 선배 작가들은 붓글씨도
멋지게들 잘 썼다. 언젠가 한 선배 문인이 양평에 짓고 있는
집의 상량식을 한다고 해서 구경을 갔는데, 그 자리서 붓을
들고 대들보에 붙일 문구를 일필휘지로 써내려가는 것도
보았다. 이런 분들에게 모니터 앞에 앉아 키보드나 두들기고
있는 젊은 작가들이 어떻게 보였을까?
지금은 거의 모든 작가들이 컴퓨터로 작업을 할 것이다.
요즘은 스마트폰으로 바로 소설을 쓰는 작가도 있다던데,
나는 아직 엄지 두 개로는 긴 글을 쓰지 못한다. 앞으로도
못할 것 같다. 기술과 나의 경주는 여기까지인가보다.
아버지는 내가 공인회계사가 되기를 바랐다. 경영학과에
보낸 것도 그 때문이었다. 아버지의 바람과는 달리 나는

회계가 정말 싫었다. 첫 학기 시작하자마자 포기했다. '회계원리' 첫 수업에서 '회계는 경영의 언어'라는 말을 들었는데, 내가 좋아하는 언어는 문학의 언어였다. 그 언어는 모호하다. 이것을 말하면서 동시에 저것을 말하고, 저것을 말하면서 이것을 말한다. 때로 아무것도 말하지 않는 언어이며, 사람에 따라 무한히 다르게 해석된다. 회계가 그랬다가는 큰일이 날 것이다. 그런데 문학은 그래도 된다. 그래서 좋았다.

아들이 글씨 잘 쓰는 공인회계사가 되는 것이 아버지가 상상할 수 있는 가장 안전한 성공의 길이었던 것 같다. 누구도 시대의 한계, 환경의 한계를 쉽게 넘어갈 수 없다. 내 아버지도 예외일 수 없었다. 그는 자신이 생각할 수 있는 가장 좋은 길을 내게 권했다. 그러나 나는 소설가가 되어버렸다.

1995년 윈도우 95 출시는 전 세계적 사건이었다. 뉴욕, 도쿄, 파리 같은 도시에 윈도우 95를 구입하려 밤을 새우는 고객들의 긴 줄이 늘어섰다. 얼마나 요란했던지 아버지마저도 컴퓨터를 배우겠다고 결심했다. 나는 최선을 다해 가르쳤고 아버지는 독수리 타법으로나마 키보드로 글자를 입력하는 데 성공했다. 군에서 타자기를 몇 번 다뤄본 경험이 있어서 거기까지는 그럭저럭 되었다. 그러나 끝내 넘지 못한 장벽이 있었으니 바로 마우스 더블클릭이었다. 버튼을 누르는 아버지의 검지는 너무 느리거나 너무 빨랐다. 자, 보세요. 따닥, 따닥. 이게 왜 안 되세요? 아버지의 얼굴만 붉어질 뿐이었다. 더블클릭의 견고한 벽 앞에 주저앉은 아버지는 컴퓨터 배우기를 포기했다. 거기서 멈췄으니 끝내 스마트폰 단계로 넘어가지 못한 채 젊어서 익힌 기술만 사용했다.

아버지의 예상과는 달리 글씨를 잘 쓰는 사람들이 출세하는 미래는 오지 않았다. 내가 어렸을 때는 다들 미래의 지구가 인구폭발로 멸망한다고 했다. 대한민국역사박물관에는 당시의 가족계획 포스터가 전시되어 있다. '사단법인 임신 안 하는 해 캠페인 본부'라는 곳에서 제작한 이 포스터에는 "내일이면 늦으리! 막아보자. 인구폭발!"이라는 푯말을 든 고바우 영감 캐릭터가 그려져 있다. 석유가 고갈되어 전쟁이 빈발하리라는 경고도 넘쳤다. 또 누군가는 미국과 소련 사이에서 핵전쟁이 일어나 인류가 절멸될 것이라 했다. 어디선가는 공산주의가 세계를 지배할 것이라 했다. 귀에 못이 박일 정도로 들었던 이야기들인데 실현은 되지 않았다.

모두가 말한다고 진실은 아니다.

첫 책을 냈을 때 아버지에게도 사인을 해서 한 권을 보냈다.

며칠 후 아버지에게 전화가 왔다. 책을 다 읽었는데 몇 군데

오자가 있더라며 하나하나 불러주었다. 일부는 오자가

맞았지만 대부분은 아니었다. 고맙다고는 했지만 기분이

좋지 않았다. 첫 책을 낸 아들이 듣고 싶어할 말이 고작 오자

지적일 리가 없지 않은가. 살아생전 아버지가 바란 것과 내가

바란 것은 언제나 달랐고, 우리는 끝내 화해하지 못했다.

그것은 아버지의 죽음 이후에도 이어졌다.

다음은 그 이야기다.

기대와
실망의
왈츠

남쪽 도시에서는 고층 아파트가 쭉쭉 올라가고 있었다.
미분양이 속출한다는 뉴스를 본 것 같기도 한데 시내와
외곽을 가리지 않고 아파트 건설이 한창이었다. 이틀
연속으로 열리는 강연을 위해 구도심에 잡은 숙소는
나지막한 건물들 속에서 혼자 높이 솟아 있었다.
일제강점기와 근대화 시기에 번창했던 동네에는 근대의
기억들이 낮고 단단해 보이는 석조건물들에 남아 있었지만
쇠락의 기운이 완연했다. '폭탄세일' 광고전단지가 뿌려진
텅 빈 가게들의 앞유리창에는 '임대' 표지가 붙어 있었다.
검은 대리석으로 마감한 숙소 일층에는 호텔 프런트와
프랜차이즈 카페, 순두붓집이 입점해 있었다. 예약을 위해

인터넷 지도로 살펴보았을 때는 눈에 띄지 않던 것들이었다. 바로 옆 건물은 대학병원이었고 걸어서 오 분 거리에는 주교좌성당과 유명 백화점이 있었다.

객실은 십칠층이었다. 방문을 열고 들어서는데 어두웠다. 두꺼운 커튼으로 창을 가려놓았겠거니 생각했는데 암막 롤스크린이었다. 커튼은 없었다. 롤스크린을 올리자 그제야 전망이 보였다. 낮게 엎드린 근대 건축물들 사이로 우뚝 선 호텔이라 전망은 시원했다. 호텔은 나쁘지 않은 위치에 등급도 높았는데, 곳곳에 무신경하다 싶은 데가 있었다. 내려져 있던 롤스크린이 그랬고, 다림질이 되어 있지 않은 꾸깃꾸깃한 침대 시트가 그랬다. 슬리퍼는 바삭거리는 비닐로 포장돼 있었는데 누가 뜯으려다 다시 집어넣었는지 반쯤 봉지 밖으로 삐져나와 있었고, TV를 켜니 호텔 홍보 화면만 보였는데 어떻게 해야 다른 채널로 넘어가는지 도무지 알 수 없었다. 욕실은 침실에서 통유리창으로 훤히 들여다보였다. 가릴 방법이 없었다. 혼자 묵으니 가릴 필요는 없었지만 뻥 뚫린 화장실에 앉아 있으면 마음이 어딘가 불안정해진다. 나쓰메 소세키는 집에 창이 있으면 모두 가려야 했다고 한다. 누군가 들여다볼 것만 같았다는 것이다. 나는 그 정도는 아니지만 이해는 간다. 배관을 타고 올라오는 것 같은 오래된 건물 특유의 악취가 방 안에 고여 있었다. 환기를 위해 틸트 창을 열었더니 고층이라 겨우 한 뼘 정도밖에 열리지 않았고, 그것까지는 이해할 수 있었지만, 닫으려 하자 완강하게 버티며 닫히지 않았다. 결국 TV와 창 문제를 해결하러 직원이 올라와야만 했다.

강연을 마치고 호텔로 돌아와보니 직원이 닫아주고 갔던 틸트 창이 도로 열려 있었다. 다시 닫아보려 했지만 닫히지 않아서 대충 창을 당긴 뒤 롤스크린을 내렸다. 다행히 롤스크린은 암막이어서 빛의 방해는 받지 않을 것 같았다. 불을 끄고 난 뒤 잠이 들었으나 한 시간에 한 번꼴로 깼다. 왕복 십차선의 대로를 따라 야식을 배달하는 오토바이들이 요란하게 질주했다. 대학병원으로 들어가고 나오는 앰뷸런스들의 사이렌 소리가 제대로 닫히지 않은 창틈으로 밀려들어와 내 귀에 꽂혔다. 도시에서는 밤새 많은 사람이 쓰러지고, 다치고, 죽는 것 같았다.

그 밤에 꿈을 꾸었다. 나는 어딘가에 아버지와 함께 있었다. 아버지의 얼굴을 보면서는 저렇게 피부가 매끈하다니 이상하다, 우리 아버지 같지 않다고 생각했다. 아버지는 실제 사람이 아니라 마치 대리석 흉상처럼 보였다. 대화는 없었는데 나는 무슨 일인가로 아버지를 실망시켰고, 아버지가 침묵으로 나에게 벌을 주고 있는 것 같은 기분이었다. 또다시 울리는 요란한 앰뷸런스의 사이렌 소리에 나는 잠에서 깨어났다. 꿈이었구나. 그래, 아버지는 십 년 전에 돌아가셨지.

그날 낮, 강연장 대기실로 찾아온 이가 물었다. 이 도시에 와본 적 있으세요? 혹시 연고가 있으신가요? 글쎄요. 연고랄 게 있다면, 아버지가 여기서 상업고등학교를 다니셨어요. 야구 명문이었고 그걸 자랑스러워하셨죠. 꿈을 꾼 것은 아마도 그 대화 때문이었을 것이다.

중세 기독교에서는 부활할 때 육신이 어떤 모습일까에 대한 논쟁이 있었다. 죽을 때의 모습일까, 아니면 생전의 가장 이상적인 모습일까? 모두 죽을 때의 모습들이라면 천국의 풍경이 유쾌하지만은 않을 것이고 천국처럼 느껴지지도 않을 것만 같다. 그렇다고 이상적인 모습으로, 마치 포토샵으로 매만진 여권 사진 같은 얼굴들이라면 그것도 참 부자연스러울 것만 같다. 그런데 그날 밤 아버지는 바로 그 이상적인 피부와 얼굴로 내 꿈에 나타났고 나는 그런 아버지가 반갑기는커녕 불편했다.

1939년생인 아버지는 큰아버지와 같이 일본에서 태어났다. 할아버지와 할머니는 처음에는 만주로 갔다가 일본으로 건너가 고베 근처의 어딘가에서 징용을 온 조선인들을 위한 식당을 운영했다고 한다. 해방 직후 일본에서 한반도로 귀환한 이들은 140만 명 정도로 추산되는데 할아버지도 이들 중 하나였다. 현재 대전광역시 전체 인구가 한꺼번에 거의 빈손으로 돌아왔다(일본 정부는 귀환시 가지고 갈 수 있는 돈을 일인당 1000엔으로 한정했다). 아들 둘과 함께 고향으로 돌아온 할아버지와 할머니는 땅에 붙박였다. 객지에서 장사를 하다 돌아온 이들의 농사가 쉬울 리 없었다. 살림은 여유가 없었는데 아이들은 계속 태어나 칠 남매가 되었다. 큰아버지만 농업고등학교에 보냈고 아버지는 국민학교만 졸업하고 농사를 도왔다. 친구들이 책가방을 메고 학교에서 돌아오는 모습을 언덕 위에서 내려다보던 아버지는 가출해 혼자 도시로 나갔다. 가출 소년은 어떻게 상업고등학교에 진학할 수 있었을까? 어린 아버지는 여군들에게 밥을 해주는 곳에서 일하고 부뚜막 옆 쪽방에서 잤다. 저녁 준비가 끝나면 밤에 그 상업고등학교의 야간 과정을 다녔다.

나중에 여군들이 아버지의 고향을 찾아오기도 했다는
얘기를, 아버지가 돌아가신 뒤 고모에게 들었다. 여군들이
어린 아버지를 귀여워하고 공부를 계속할 수 있도록 도왔던
것 같다.

객지의 호텔방에서 눈을 멀뚱멀뚱 뜬 채로 나는 아버지와
내가 주고받은 기대와 실망에 대해 생각하고 있었다.
나는 언제 처음 아버지에게 실망했을까? 이런 생각을
한다는 것부터가 사실 중력을 거스르는 것처럼 힘이 들고
부자연스럽게 느껴졌다. 언제나 내가 부모를 실망시킬까
두려워하며 자랐지 부모가 나를 실망시키는 것에 대해서는
생각해보지 않았기 때문이다.

나는 질문이 많은 아이였다. 어른들은 그런 아이를 좋아하지
않았다. 지금 생각하면 자기들이 답을 몰라서 화가 났던 것
같다. 어른이라고 모두 답을 아는 건 아니라는 것을 모를
때였다. 소설가가 되고도 한참이 지난 어느 날, 고등학교
때 별로 가깝지도 않았던 선생님 한 분에게 김영하를
기억하느냐고 한 친구가 묻자, 대뜸 질문이 참 많았던,
되바라진 녀석 아니었냐고 되묻더란다. 나는 묻고 싶은 것의
십분의 일도 묻지 않았는데 말이다.

내가 아버지에게 느낀 첫 실망도 질문과 관련이 있었다.
출근을 하려고 쪼그려앉아 전투화를 신고 있는 아버지에게
물었다.

"군화에는 왜 이렇게 구멍이 많아요?"

전투화는 목이 길고 구멍도 많다. 긴 구두끈을 구멍마다
통과시켜 단단히 묶어야 한다. 어린 내가 보기엔 불편하기
짝이 없었고 시간 낭비 같았다. 물론 지금은 전투화가 왜
그렇게 생겼는지 안다. 말 그대로 전투를 위한 기능적
신발이기 때문에 어떤 상황에서도 전투원의 발목을
보호하고, 물이나 흙이 신발 안으로 들어오는 것도
막아주면서, 동상에 걸리지 않도록 보온도 되어야 한다. 나도
출근 시간에 쫓기는 아버지가 이 모든 것을 다 설명해줄
것을 기대한 것은 아니었다. 그러나 이 많은 기능 중에 단
하나만 설명해주었어도 나는 흡족했을 것이다. "목이 길어야
발목이 잘 부러지지 않거든" 같은 대답을.

그런데 아버지는 버럭 짜증을 내며 이렇게 말했다.

"군화니까 그렇지!"

에프라임 키숀의 『개를 위한 스테이크』에는 아버지에게
지구가 태양 주위를 공전한다는 것을 어떻게 알 수 있냐고

묻는 아이가 나온다. 아버지는 이 자명한 과학적 사실을 쉽게
설명할 수 있을 거라고 생각하지만 곧 이게 말처럼 간단하지
않다는 것을 깨닫게 된다. 설명이 계속 꼬이고 자꾸만
반박당하자 아버지는 점점 화가 난다. 사실 공전 현상에
대해서 쉽게 설명이 가능할 정도로 깊이 알지 못했던 것이다.
아마 나의 아버지 역시 전투화가 왜 목이 길고 구멍이
많은지에 대해 별로 생각해본 적이 없었을 것이다. 아니면
그저 그날 아침 뭔가 기분 나쁜 일이 있었을지도 모르겠다.
내가 국민학교 6학년 때, 아버지는 여전히 서부전선의
전방에서 근무하고 있었다. 1970년대 말의 전방은 늘
긴장 상태여서 외박이나 휴가가 귀했다(판문점에서 북한
쪽 경비병들이 미군들을 도끼로 공격하여 죽인, 이른바 '판문점
도끼만행사건' 직후였고 북한에서 휴전선 아래로 파 내려온
땅굴도 발견되고 있었다). 아버지는 아주 가끔 서울 집으로 와
하루이틀만 묵고 부대로 복귀했다. 서울에 오면 아버지는
우리 형제를 데리고 목욕탕부터 갔다. 사복을 입은 아버지는
힘이 좀 빠져 보였고 어딘가 낯도 설었지만 함께 살지
않아 자주 보지 못하는 아버지와의 목욕탕 나들이는 우리
형제에게는 꽤나 기다려지는 행사였다. 그 무렵 배가 제법

나온 아버지는 우리 형제를 모두 온탕에 들여 충분히 불린 후 하나씩 불러내 때를 밀어주었다. 하나가 아버지에게 붙들려 있는 사이 다른 하나는 냉온탕을 오가며 놀았다. 우리 형제는 아버지의 등을 서로 밀어주겠다고 자리싸움을 벌였다.

사건은 목욕을 마치고 집으로 돌아갈 때 일어났다. 신발장에 올려둔 아버지의 신발을 누가 훔쳐간 것이다. 당시 그 목욕탕은, 옷은 자물쇠가 달린 사물함에 넣을 수 있었지만 신발은 입구의 신발장에 넣어야 했다. 당연히 누구든 남의 신발을 몰래 신고 나갈 수 있었다. 아버지는 노발대발했다. 신발을 찾아내든지 물어내라고 하자 주인은 책임을 지지 못하겠다고 버텼다. 우리 형제는 집에도 가지 못한 채 아버지와 목욕탕 주인의 싸움을 지켜보아야 했다. 아버지의 분노는 이해할 만했지만, 어린 내 눈에도 승산은 없어 보였다. 신발장 위에는 붉은 글씨로 "귀중품은 카운터에 맡겨주세요. 분실물은 책임지지 않습니다"라고 분명히 써 있었다. 무엇보다 목욕탕의 벌거벗은 손님들이 모여들어 이 싸움의 승패를 흥미진진하게 지켜보는 것이 부끄럽고 싫었다. "아빠, 그냥 집에 가요, 제발." 동생은 거의 울 것

같은 얼굴이었다. 그래도 아버지는 쉽게 물러나지 않고
주인과 대거리를 했다. 어느새 날은 저물고 구경꾼도
줄어들었다. 끝내 아버지는 이기지 못했고 주인으로부터
신발장에 유일하게 남아 있는, 아마도 도둑이 대신 벗어두고
간 것으로 보이는 낡고 더러운 신발을 받았다. 도둑의 신발을
꺾어 신은 채 집으로 돌아오는 내내 아버지는 아무 말도
하지 않았다.

그때 아버지 나이는 마흔이었고, 지금 내 나이보다
열다섯 살이나 어렸던 젊은 아버지의 행동을 나는 충분히
이해한다. 그것은 전형적인 직업군인의 사회 부적응
사례이기도 했다. 부대에서라면 결코 일어날 수 없는
일이었다. 군화의 안감에는 주인의 이름이 매직펜으로
적혀 있고, 설령 안 적혀 있다 해도 누가 감히 대대장의
신발을 훔쳐가겠는가. 아버지가 사회에 나와서 배운
유일한 삶의 방식은 군율이었다. 그럼에도 오랜만에 만난
아버지와의 즐거운 목욕탕 나들이를 아버지 자신이 망쳤고,
그때 나와 동생이 빼앗긴 기쁨은 신발 한 켤레보다는
더 중한 것이었다. 아버지의 행동을 용서하지 못해서가
아니라(그걸 왜 못하겠는가? 나도 그랬을 수 있다), 모든 부모가

언젠가는 아이를 실망시키고, 그 실망은 도둑맞은 신발 같은 사소한 사건 때문에도 비롯된다는 것, 그 누구도 그걸 피할 수 없고, 나처럼 어떤 아이는 오랜 세월이 지나서도 그 사소한 에피소드를 기억하고, 기억하면서도 충분히 이해하고, 이해하면서도 아쉬워한다. 그렇지만 그게 부모를 증오하거나 무시한다는 뜻은 아니다. 우리가 언젠가는 누군가를 실망시킨다는 것은 마치 우주의 모든 물체가 중력에 이끌리는 것만큼이나 자명하며, 그걸 받아들인다고 세상이 끝나지도 않는다. 나이가 들어 좋은 점은(부모를 포함해 그 누구라도) 그 사람이 나에게 해준 좋은 것과 나쁜 것을 분리해서 받아들이게 되었다는 것이다.

인간과 인간의 관계는 기대와 실망이 뱅글뱅글 돌며 함께 추는 왈츠와 닮았다. 기대가 한 발 앞으로 나오면 실망이 한 발 뒤로 물러나고 실망이 오른쪽으로 돌면 기대도 함께 돈다. 기대의 동작이 크면 실망의 동작도 커지고 기대의 스텝이 작으면 실망의 스텝도 작다. 큰 실망을 피하기 위해 조금만 기대하는 것이 안전하겠지만 과연 그 춤이 보기에도 좋을까? 오랜 세월이 지나 나는 목욕탕 사건에 대해 아버지에게 물었다. 기억이 안 난다는 답만 돌아왔다.

기대도, 실망도, 그냥 나 혼자 추는 춤이었다.

뇌졸중과 암 투병으로 쇠약해진 말년의 아버지는 어느 날

갑자기 동생과 나를 앞에 두고 당신이 죽더라도 제사 같은

것은 지낼 필요 없고 유골은 그냥 산천에 뿌려달라고 말했다.

직업군인으로 충분한 기간을 봉직한 아버지는 현충원에

묻힐 권리가 있었는데, 그것도 원하지 않는다는 것이었다.

어차피 현충원도 기한이 있고, 그럼 어딘가로 옮겨야 할 텐데

누가 그걸 하겠느냐. 후손도 없을 텐데……

냉담한 어조로 말하고 있었지만 억누른 실망감과 화가

공기를 타고 전해졌다. 우리집은 원래 제사를 모신 적이

없는데 갑자기 무슨 제사 얘기냐, 안 지낼 것이다, 라고 나도

날카롭게 받아쳤다. 제사는 시골의 큰아버지가 모셨는데,

근무지를 떠날 수 없던 아버지는 거의 가보질 못했고, 그러니

다른 가족은 말할 것도 없었다. 엄마는 평생 제사 근처에도

가기 싫어했다.

조선시대 유학자들이 중국에서 도입해 현지화한 이 의례는

근대를 지나면서도 소멸하지 않았고 오히려 이전에 제사를

지내지 않던 집안들에까지 널리 확산되었다. 군대의

효율을 숭상하고 '근대화'를 종교처럼 떠받들던 박정희

정권은 귀신을 모시는 제사의 풍습을 좋아하지 않았다. 가정의례준칙을 반포해 차례와 제사를 '간소화'하려 시도했지만 성공하지는 못했다.

제사는 산 자들이 정색하며 공연하는 한 편의 연극이며 주제는 기억이다. 창과 문을 열어 귀신을 환영한다는 뜻을 표하고 지방에 조상의 이름을 써서 태운다. 귀신이 어련히 알아서 자기 집을 찾아올 텐데, 뭐하러 지방에 이름까지 써서 태울까 싶었는데 다 이유가 있었다. 저 영계에는 아무도 이름을 불러주지 않는 귀신들이 너무 많아서 지방에 이름을 정확히 써서 태우지 않으면 모든 귀신, 이른바 '온갖 잡귀'가 다 몰려온다는 것이다. 잡초가 이름을 모르는 식물을 의미하듯 잡귀는 이름이 잊힌 귀신이다. 잡귀가 아닌 귀신은 그 이름을 불러줄 누군가가 있다. 이름을 그들이 알아들을 수 있는 방식으로 불러 초대하면서 제사가 시작된다.

인생의 끝을 예감하면서 아버지는 사후에 누가 당신을 기억해줄까를 걱정하기 시작했던 것 같다. 당신이 기대할 수 있었던 기억의 방식은 그것뿐이었으리라는 것을 충분히 이해하면서도, 대뜸 '제사도 무덤도 필요 없다'는 식의, 죄책감을 자극하는 수동 공격은 받아주고 싶지 않았다.

아버지와 내가 추던 기대와 실망의 왈츠는 그때 비로소 끝이
났던 것 같다.

아버지의 유언 아닌 유언은 반만 지켜졌다. 유골은 망자의
뜻에 반해(실은 엄마의 강력한 의지에 따라) 대전 현충원에
묻혔고, 나라가 이름을 새겨 비석을 세웠다. 제사는 지내지
않는다. 대신 나는 내 방식대로 아버지를 기억한다. 나는
글을 쓴다. 망자가 내게 남긴 것들에 대하여. 물론 아버지는
좋아하지 않았을 것이다.

테세우스의 배

주중에는 아침마다 요가를 하러 간다. 월요일부터
금요일까지 아침 일곱시에서 여덟시 사이에 한다. 요가는
경쟁이 아니니 할 수 있는 만큼만 하라고들 말하지만,
다른 사람들이 하는 자세를 나도 멋지게 잘하고 싶은 게
인지상정이다. 요즘 내가 열심히 연습하는 자세는 머리서기,
산스크리트어로는 시르사아사나이다. 시르사아사나에도
여러 변형이 있지만 대체로 머리를 지면에 두고 다리를 가장
높이 둔다는 공통점이 있다.
삼십대 후반에 아내 따라 몇 달 요가원에 다녔고 뉴욕에서
돌아와 부산에 살 때 또 몇 달을 다니기는 했지만,
본격적으로 열심히 하게 된 것은 2022년 6월부터다.

요가원에서도 마스크를 써야만 하던 시절이었다. 첫날인가 둘째 날인가, 꼭 해보고 싶은 자세가 있느냐는 선생님의 질문에 별생각 없이 "머리서기"라고 대답했는데, 선생님이 그걸 잊지 않고 어느 정도 유연성과 근력이 생기자 자꾸만 머리서기를 시켰다. 머리로 서는 것, 정확히는 양 팔꿈치의 도움을 받아 거꾸로 서서 버티는 것은 매우 두려운 일이다. 다리가 잘 올라가지도 않고 어쩌다 올라가도 바로 뒤로 넘어갔다. 나이를 생각할 때 부상의 위험이 너무 컸다. 그래서 선생님이 머리서기에 '집착'할 때마다, 그냥 해본 말이니 너무 신경쓰지 말라며 선생님의 과도한 의욕을 제어하려고 애썼다. 나더러 집에서도 좀 연습을 해보라고 했지만 절대 안 했다. 아무리 생각해도 너무 위험해 보였다. 그 무렵만 해도 월수금 사흘만 아침에 요가를 했는데, 새해가 되면서 요가를 좀더 열심히 해보자고 결심했다. 그래서 다른 선생님이 지도하는 화목 아침반에도 추가로 등록을 했다. 이른 아침이니 적당히 가볍게 몸을 깨우고 오늘 하루 잘 살아보자는 다짐과 명상 같은 것을 할 거라 생각했다. 그런데 첫 수업부터 대뜸 모두에게 머리서기를 시키더니, 두번째 수업에서는 선생님이 아예 "회원들 다수가 가장

해보고 싶은 자세가 바로 머리서기라고 하니 아침반의
목표를 머리서기의 완성으로 하겠다"고 선언하는 것이었다.
그때부터 하는 수 없이 화요일과 목요일은 어김없이,
월수금은 가끔 머리서기를 하게 되었는데, 그쯤 되자 매일
아침 남사스럽게 벌러덩 나동그라질 수는 없겠다는 생각에
집에 돌아와서도 연습을 하기 시작했다. 유튜브도 참고했다.
자꾸 '머리서기'를 검색했더니 이제 내 유튜브 초기
화면에는 똑바로 서 있는 사람보다 거꾸로 서 있는 사람이
더 많아졌다. 섬네일들은 '머리서기 5분의 기적' '머리서기
제발 이렇게 하지 마세요' '머리서기 어렵지 않아요' 같은
문구로 나를 유혹했다. 그러나 평생 발을 지면에 딛고
직립보행하며 살아온 인간이 유튜브 영상 하나 봤다고
오 분 만에 머리로 서게 되지는 않았다. 몸 여기저기에 멍이
들고, 어깨가 욱신거리고, 팔이 뻐근할 정도로 연습을 해도
가끔 성공하고, 대부분은 바로 나가떨어졌다. 나중에는
머리서기보다 부상 없이 잘 구르는 일종의 낙법을 연습하는
기분이 들었다.
그러다 점점 성공하는 확률이 높아졌고 나는 어느새
머리서기 자세를 꽤 좋아하게 되었다. 평생 하체에

가해지던 중력을 상체, 그것도 머리로 받는 것은 꽤 야릇한
경험이다. 그것은 유사 무중력상태처럼 느껴지기도 한다.
발이 편안하고, 대신 머리에 피가 쏠린다. 그럼 평소에는
늘 발에 피가 쏠리고 머리가 편안했던 것인데, 늘 그렇게
살아서 그런지 그렇지 않은 상태가 있을 수 있다는 것을
상상하지 못했던 것이다. 어쩐지 늘 발과 종아리가 아프고
머리는 멍했는데, 머리서기를 하고 있으면 발은 허공에서
흔들흔들거리고 피가 몰린 머리는 갑자기 팽팽 돌아가기
시작한다. 온갖 잡념이 사라지고 오직 균형을 잘 잡아 이
자세를 오래 유지하려는 생각에만 집중하게 된다. 물론
성취감도 있었다. 주변 사람 모두 나이를 생각하며 말리던
자세를 해낸 것이었으니까.

인터넷에 검색을 해보면 머리서기의 순기능이 많이 나온다.
장운동이 활성화되어서 소화가 잘되고, 변비에 효과가
있으며, (믿기는 어렵지만) 탈모 예방도 된다고 한다. 이런
순기능들은 아직 하나도 모르겠는데, 역기능은 확실히 안다.
머리서기를 하면 그 즉시 못생겨진다. 피가 몰려 얼굴이
벌게지고 일그러진다. 지구를 들고 있는 아틀라스와 비슷한
포즈인데, 심지어 뒤집혀 있는 것이다. 그 상태에선 여간한

미모가 아니고서는 감당하기 어려운 비주얼이 된다.

그 못생겨짐에도 불구하고 다리를 허공으로 올리고 중심을
잡는 데 성공하면 하루종일 기분이 좋다. 기분이 좋은 김에
머리서기하는 장면을 사진으로 찍어 인스타그램 스토리에
올렸다. "이런 거 자랑하면 안 된다고 배웠는데"라고 써서.
소설가의 머리서기가 여러 사람에게 충격을 주었는지
그날은 메시지가 많이 왔다. 그중의 하나는 "아니, 하다
하다 요가도 하세요?"라는 메시지였다. 인스타그램을
시작한 2020년에는 요리 사진을 자주 올렸다. 직접 만든
머핀이나 쿠키, 그릭요거트, 아몬드밀크도 자랑했다.
그랬더니 요리 잘하는 사람이 되었다. 마당에 피는 꽃
사진을 자주 올리다보니 곧 꽃과 식물에 정통한 사람이
되었다. 『여행의 이유』를 냈기 때문에 '여행의 이유'도
좀 아는, 여행 잘하는 사람이 되었다. 아이패드로 그린
그림도 자주 올려서 그림도 좀 그리는 사람이 되었다. 별로
겸손하지 않다보니 뭐 하나 좀 한다 싶으면 자랑부터 하기
때문에 잘하는 것 중에서 감춘 것은 거의 없다. 그래서 이런
메시지를 받게 된 것이다.

그런데 이렇게 여러 가지를 그럭저럭이나마 하는 사람으로

살아가게 된 것은 어딘가에 오래 집중하지 못하는 타고난 성격 탓이다. 어려서부터 생활기록부에는 집중력이 없다, 주의가 산만하다는 평이 빠지지 않았다. 언젠가 내가 하루 동안 하는 활동을 빠짐없이 적어본 적이 있었는데 서른 가지가 넘었다. 소설을 쓰다가, 책을 읽다가, 머핀을 굽다가, 커피를 내리다가, 뉴스를 보다가, 잡초를 뽑다가, 요리를 하다가, 설거지를 하다가, 운동을 하다가, 산문을 쓰다가, 이메일을 보내다가, 그림을 그리다가, 구상을 하다가, 아까 쓰던 글을 고치다가, 차를 마시다가, 운전을 하다가, 쇼핑을 하다가, 또 새로운 글을 쓰다가, 운동을 하다가, 산책을 하다가, 우체국에 갔다가, 장을 보다가, 영화를 보다가, 다가, 다가, 다가……가 계속 이어졌다. 쉽게 지루함을 느끼고, 새로운 것이라면 일단 시작부터 하고 보는 성격 때문에 얼리어댑터라는 소리도 들었다. 평생 남보다 뭘 먼저 하려고 노력한 적은 없었다. 전에 못 보던 것이 보이길래 이건 뭐지 싶어 재미로 해보다가 그냥 계속하게 된 것들이었다. 소설가가 되겠다고 결심할 때도, 요리를 시작할 때도, 노트에 낙서 같은 그림을 그리기 시작할 때도, 처음 몇 년은 모두 형편없는 수준이었다. 신은 나에게 집중력을 주지는

않으셨지만 대신 태평한 마음을 주셨던 것 같다. 지금은
이래도 오 년, 십 년이 지나면 그럭저럭 잘할 수 있을 거야,
라는 마음. 나에게는 그 마음이 있었고, 참으로 다행하게도
어느 정도 수준에 이를 때까지 참고 기다려준 사람들이 내
곁에 있었다. 문청 시절의 어설픈 습작 소설을 읽고 평해준
친구가 있었고, 실패한 요리를 참고 먹어준 아내가 있었고,
못 그린 그림도 "특이하다, 계속 그려보라"며 격려해준
만화가 친구도 있었다.

처음으로 소설 비슷한 것을 쓴 게 중학교 2학년 때였으니
사십 년, 여행은 삼십 년이 넘게, 스물다섯 살에 시작한
운전도 삼십 년, 마당을 가지게 된 게 2015년이니 식물을
가꾼 지는 구 년, 요리는 십칠 년이 되었다. 철들어서 처음
그림을 그린 것이 『랄랄라 하우스』 삽화 때부터였으니 그림
그리기는 이십 년이 되었다. 머리서기의 성공도 근 이십
년에 걸친 띄엄띄엄 요가 수련의 결과다. 나는 책도 수십
권을 두서없이 같이 읽는다. 이 책을 읽다가 저 책을, 저 책을
읽다가 또다른 책을…… 그래서 한 권의 책을 다 읽는 데
수년이 걸리기도 한다. 어쨌든 오랜 세월이 지나면 다 읽게
된다. 좀 뒤죽박죽이긴 하지만.

인간은 보통 한 해에 할 수 있는 일은 과대평가하고, 십 년
동안 할 수 있는 일은 과소평가한다는 말을 언젠가 들은
적이 있다. 새해에 세운 그 거창한 계획들을 완수하기에 열두
달은 너무 짧다. 그러나 십 년은 무엇이든 일단 시작해서
띄엄띄엄 해나가면 어느 정도는 그럭저럭 잘할 수 있는
사람이 되기에 충분한 시간이라고 생각한다.

그런 십 년이 여럿 쌓였다. 할 줄 아는 것만 는 것은
아니었다. 사람도 변했다.

결혼 전에 내 자취방으로 놀러온 아내가 가장 놀란 것은
차곡차곡 천장까지 쌓여 있는 라면 박스였다. 라면이
내 주식이던 시절이었다. 세월이 흘러 지금은 요리하기를
즐기는 사람으로 살고 있고 라면은 일종의 비상식량이
되었다. 모처럼 먹으려고 꺼내 보면 유통기한이 지나 있는
경우가 대부분이다.

담배도 많이 피웠다. 아침에 일어나면 침대에 누운 채로
한 대를 피워 물며 정신을 차렸다. 담배를 끊은 것은 서른세
살 때로 아침부터 저녁까지 담배 생각에 사로잡혀 있다는
걸 깨달은 뒤였다. 집에 들어가면서는 '담배를 더 사가지
않아도 되나?' 생각했고, 집을 나오면서는 담배와 라이터를

챙겼는지부터 확인했다. 장거리 비행기를 타기 전에는
흡연실을 찾았고, 밥과 술을 겸한 식사를 할 때에도 흡연이
가능할지를 살폈다. 마지막으로 한 보루를 사서 그것을
다 피운 뒤에 끊기로 했다. 일종의 애도 의식이었던 셈이다.
다행히 한 번에 성공했고 지금은 담배를 피우던 때의
기억조차 희미하다.

몸속엔 분노도 많았다. 말과 몸으로 여기저기서 싸웠다.
지금은 조용히 물러설 때가 많다. 좋게 말하면 성숙했고,
삐딱하게 보자면 노회하고 비겁해졌다. 벌이지 않았어도 될
부끄러운 싸움들을 지금도 가끔 떠올린다. 다 웃어넘겼어도
될 일인데 그때의 나는 그러지 못했다. 그 모든 싸움은
얄팍한 정의감이 부추겼다.

이십대와 삼십대에는 매일같이 술을 마셨다. 밖에서도
마시고, 집에서도 마셨다. 대형 마트에서 여섯 개들이 맥주
팩을 사서 아내와 집에서 함께 마시며 하루를 마치는 것이
내가 생각하는 이상적인 결혼생활이었다. 술은 오십대가
되어서야 멀어졌다. '끊었다'라고 말할 수는 없는 게,
한 달에 한 번 정도는 입에 대기 때문이다. 그래도 이제는
술 없이 살 수 있다. 내가 생각하는 '알코올 의존 해방'의

기준은 비행기를 탔을 때 제공되는 공짜 술을 거절할 수
있느냐다. "와인 한 잔 하시겠습니까?"라는 승무원의 질문에
"아니요"라고 말했을 때 내면에서 차오르는 힘을 느꼈고
테스트를 통과한 기분이었다. 술이라는 숨은 조종자는
내 안에서 힘을 잃었다. 이제 나는 모임이 있을 때 차를
가져가야 할까를 고민하지 않게 되었고 늦은 밤 여행지의
숙소로 돌아갈 때 편의점에 들르지 않아도 되는 사람이
되었다.

신인 작가 시절 인사동의 어느 술자리에서 자연 예찬을
하는 선배 작가에게 "저는 도시가 좋아요. 자연을 보면 아무
감흥이 없어요"라고 말했다가 선배들로부터 "뭘 모르는
젊은 녀석"이라는 투의 핀잔을 들었다. 억울했다. 다 자연을
좋아해야 하나? 지금은 숲과 나무와 풀, 새가 주는 평화가
얼마나 값진 것인지를 조금 아는 사람이 되었고, 온갖 불편을
감수하며 마당이 있는 집에서 살고 있다. 주말이면 홍대 앞에
나가 새벽까지 놀 때도 많았는데, 이제는 사람 많은 곳에는
웬만하면 얼씬대지 않는다.

에너지에도 큰 차이가 있다. 예전엔 하룻밤에 한 편의
단편을 (물론 초고지만) 완성할 때도 있었다. 지금은 도대체

그런 일이 어떻게 가능했는지가 궁금하다. 아마 뭘 잘
몰라서였을 것이다. 좋아하는 작가도, 자주 듣는 음악도,
즐겨 먹는 음식도 모두 달라졌다. 새벽까지 깨어 있는
저녁형 인간이었는데 아침형이 되었다. 자전거를 즐겨
탔는데 지금은 요가를 한다. 전반적으로 나는 이십대의 내가
만났다면 재수없어했을 사람으로 변한 것 같다. 왜 그렇게
많이 변했냐고 누가 물으면 별로 할말이 없다. 잘 모르기
때문이다.

플루타르코스의 『플루타르코스 영웅전』에는 영웅
테세우스가 괴물 미노타우로스를 죽이고 돌아올 때 타고 온
배 이야기가 나온다.

　서른 개의 노가 달려 있었던 테세우스의 배는 아테네인들에
　의해 데메트리오스 팔레우스의 시대까지 유지 보수되었다.
　썩은 널빤지를 뜯어내고 튼튼한 새 목재를 덧대어 붙이기를
　거듭하니, 이 배는 철학자들 사이에서 '끝없이 변화하는
　것들에 대한 논리학적 질문'의 살아 있는 예가 되었다. 어떤
　이들은 그 배가 그대로 남았다고 여기고, 어떤 이들은 배가

다른 것이 되었다고 주장하였다.*

'사람 변하지 않는다'라는 말을 흔히들 하지만 사람은 평생
많이 변한다. 노력으로 달라지기도 하고 환경에 적응하기도
한다. 생물학적 수준에서는 인간의 몸이란 테세우스의 배와
마찬가지다. 세포들이 끊임없이 죽고 다시 생성되기 때문에
태어날 때부터 지금까지 그대로 남아 있는 세포는 거의
없을 것이다. 행동도, 마음도, 습관도, 조금씩 달라지다가 그
변화가 누적되면 전혀 다른 사람처럼 되어버린다. 아버지는
사십대와 오십대, 육십대 이후가 모두 달랐다. 사십대에는
혈기 방장한 두주불사의 군인이었고, 오십대에는 술은
여전히 많이 마셨지만 성질은 많이 눅은 은행원이었다.
은행을 떠난 뒤에는 화를 거의 낼 줄 모르는 호인으로 변해
적응하기 어려울 정도였고 술과 담배도 자제했다. 그러다
육십대에 뇌출혈로 쓰러지고, 칠십대에 암이 발병하자 술,
담배를 완전히 끊고 예민하고 성마른 사람이 되었다.
삼십대의 엄마는 예민하고 날카로운 사람으로 자주 화를

* 『플루타르코스 영웅전』 23장 1절.

냈고 한번 폭발하면 제어가 잘 안 될 정도였다. 그러나
사십대를 지나며 전혀 다른 사람이 되었다. 느긋하고
여유로워졌다. 무엇보다 놀라운 것은 청결벽이 사라진
것이었다. 하루종일 집안을 쓸고 닦던 양반이 갑자기 청소와
정리정돈에 무심해졌고 바깥 생활을 즐겼다. 물론 두 양반 다
변하지 않은 것들은 있었다. 그러나 변한 것에 비하면 변하지
않은 것은 아주 적었다.

'테세우스의 배'는 조금씩 변했지만, 법과 권위, 대중의
동의가 그 배가 테세우스의 배임을 인증해주었기에 계속
테세우스의 배로 남을 수 있었다. 인간은 평생에 걸쳐
테세우스의 배보다도 더 큰 변화를 겪는다. 이십대의 나는
길에서 마주쳐도 지금의 나를 알아보지 못할 것이다. 지금의
나 역시 십대의 나를 그냥 지나칠 것이다. 그래도 우리는
그 사람이 과거의 그 사람과 같은 존재라고 애써 믿으며
살아간다. 변하지 않은 어떤 것들을 애써 찾아내, 사람
변하지 않는다고 말하면서.

세포 차원에서, 호르몬의 차원에서, 엔트로피의 차원에서
나는 시시각각 달라지고 있다. 오랜만에 만난 친구에게 '너는
하나도 안 변했네'라는 말을 하는 것이 예의인 것은 충분히

이해할 만하다. 그러나 그 말이 듣기 좋은 거짓말이라는 것
역시 발화자와 청자 모두 잘 알고 있다.

삼십대에 잠깐 영화 시나리오를 쓸 일이 있었다. 잘 모르는
분야여서 공부를 좀 했다. 영화 쪽 지침서들은 소설보다
훨씬 더 인물의 변화에 대해 강조하고 있었다. 로버트
맥키의 『시나리오 어떻게 쓸 것인가』가 특히 그랬다. 그의
조언에 따르면, 잘 쓰인 시나리오라면 인물은 결말에서
시작과 분명히 달라져야 한다. 현실의 인간은 그냥 나이를
먹고 호르몬 수치가 달라지면서 변하겠지만 고작 두 시간
동안 진행되는 영화에서는 '도발적 사건'을 통한 '의미 있는
변화'가 있어야 한다. 책을 다 읽은 뒤 오래전에 본 영화들을
다른 관점으로 다시 보았다. 과연 인물들은 '도발적 사건'을
만나 '의미 있는 변화'를 겪었고, 그런 과정을 설득력 있게
표현한 영화들이 관객의 마음에 오래 남았다.

현실에서는 '사람 절대 변하지 않는다'라고 말하는 사람들이
극장에 들어가 관객이 되면 인물의 변화를 기다리고,
그 인물이 시작과는 크게 달라졌을 때에도 자연스럽게
그것을 받아들인다. 우리가 현실 공간에서는 애써 눈감고
있는 어떤 진실, 나도 변하고, 너도 변하고, 우리 모두

시시각각 다른 존재로 변화하고, 그에 따라 관계의 성질도
달라지고 있다는 것을 이야기라는 안전한 공간에서
수용한다. 시간의 흐름에 따른 피할 수 없는 변화를
'엔트로피의 증가'라는 무정한 물리학적 개념으로 설명하는
것은 어쩐지 너무 건조하다. 마음으로 납득되지가 않는
것이다. 대신 이런 식으로는 잘 받아들일 수 있다. 인간은
모두 변한다. 단, 설득력 있는 '도발적 사건'을 통해서.
그런데 인물의 변화를 주로 이야기를 통해 접하다보니
어느새 많은 이들이 인간의 의미 있는 변화는 오직 큰
사건을 통해서만 일어난다고 믿게 된 것 같다.
살아오면서 알던 이들의 변신을 많이 보아왔다. 그들의
변화를 접할 때마다 자동적으로 그걸 설명할 수 있는
'도발적 사건'을 찾곤 했다. 누군가의 변절, 누군가의 타락,
누군가의 성공, 누군가의 추락, 누군가의 돌변을 말할 때
'걔가 예전에는 그렇지 않았는데 그 일이 있고 나서……'로
설명하고 싶은 강한 충동을 느꼈기 때문이다. 이제는 그러지
않으려 노력한다. 우주의 만물이 그러하고, 내가 그러했듯,
그럴듯한 이유 없이도 인간은 얼마든지 변하고, 전혀
다른 사람이 될 수 있다. 오히려 변화보다 더 어려운 것은

변화하지 않는 것이니 이 자연스러운 결과에 굳이 '도발적 사건'을 갖다붙여 설명할 필요는 없다. 모든 지도에 축척이 있듯이 실제 세계는 이야기의 세계를 초과한다. 다만 이해가 잘 되지 않을 뿐.

모른다

삼십대에 아내와 나는 캐나다 밴쿠버에서 일 년을 살았다.
브리티시컬럼비아대학교의 초청으로 간 것이어서 캠퍼스
안의 아파트를 저렴한 월세로 제공받을 수 있었다. 기숙사는
삼층짜리 목조건물이었고 우리집은 이층이었다. 누가
걸어다닐 때마다 삐걱삐걱대는, 철근콘크리트 건물과는
다른 층간 소음이 있었다. 가지를 넓게 펼친 아름드리나무가
발코니 바로 앞에 늘어서 있어서 철마다 아름다웠고 캠퍼스
안이라 어둠이 내리면 고요했다. 조금만 걸어가면 퍼시픽
스피릿 리저널 공원이라는, 아니, 공원이라기엔 거의
원시림에 가까운, 낮에 들어가도 암순응이 필요할 정도로
어두운 깊고 큰 숲이 나왔다. 2160에이커로 서울숲의

열여덟 배쯤 되는 넓이인데 이용자는 백분의 일도 안 될 것
같았다. 몇 년 후 『살인자의 기억법』을 쓰게 될 작가답게
나는 함께 산책하던 아내에게 "여긴 누가 시체를 버리고
가도 모르겠다"고 말하기도 했는데, 아니나다를까 얼마
후 거기서 시체 한 구가 산책 나온 개에 의해 발견되었다.
더글러스전나무, 서부적삼나무 같은 무시무시하게 키가
큰 침엽수가 주종을 이루는 가운데 그 아래에는 태양광을
그다지 필요로 하지 않는 이끼류, 고사리류 등의 음지식물이
무성한 숲 사이로 지형을 잘 살린 산책로가 나 있었다.
이용객이 별로 없어 낮에도 혼자 들어가면 좀 으스스할
정도였다. 우리 부부는 이 숲과 산책로를 사랑해서 거의 매일
함께 여기를 걸었다. 밴쿠버를 떠날 때도 더이상 이곳에서
산책할 수 없다는 것이 가장 아쉬웠다.
숲이 있다는 것 말고는 대체로 모두 단점이었다. 시내에서
멀리 떨어진 캠퍼스 안에서 부부가 생활하는 것부터가
쉽지 않은 일이었다. 처음에 우리는 차가 없었기 때문에
버스를 타고 장을 보러 다녀야 했는데 배차 간격은 길었고
교통약자를 철저히 배려하는 승하차에는 시간이 많이
걸렸다. 결국 인터넷 벼룩시장에 접속해 중고차 하나를

급히 사야만 했다. 출고 십 년 된 승용차를 몰고 나타난
중국계 여성은 자신이 제시한 가격에서 한푼도 깎지 않고
선뜻 차를 인수하겠다고 하자 좀 미안했는지 그 자리에서
백 달러를 에누리해주었다. 그러면서 남편이 몰던 차인데
이혼하는 바람에 파는 거라고 했다. 유감이라고 해야 할지,
고맙다고 해야 할지, 참 잘됐네요, 라고 해야 할지 고민하는
사이 그녀가 같이 동네 보험영업소에 가자고 말했다. 거기서
보험에 가입하고 서류 몇 장에 사인하고 열쇠를 넘겨받자
그냥 그 차가 내 차가 되어버렸다. 바로 차를 몰고 아파트로
돌아온 나는, 아내를 조수석에 태우고 오지 않는 버스를
기다리는 고통이 끝났음을 자축하는 드라이브를 했다.
그러나 캐나다의 엄격한 교통 문화를 숙지하지 않은 탓에
바로 경찰에게 딱지를 떼였다. '일단정지' 표지판이 있는
곳에서는 다른 차가 있든 없든 반드시 정차해서 주위를 살핀
후 출발해야 한다는 걸 몰랐던 것이다(물론 한국도 그렇다.
눈감아줄 뿐이다).
밴쿠버 생활에서 괴로웠던 것 또 한 가지는 시도 때도 없이
울리는 화재경보였다. 우리가 살던 아파트에서도 심심찮게
화재경보가 울렸고, 한번 울리면 모든 주민이 아파트 밖으로

일단 대피해야 했다. 대학원생이 대부분인 이 아파트
주민들은 아무 불만 없이 한겨울에도 맨발에 슬리퍼만 신고
일단 밖으로 나와 소방관이 안전하니 집으로 돌아가라고
말해줄 때까지 참을성 있게 기다렸다. 실제로 심각한
상황으로 이어진 적은 우리가 사는 동안에는 한 번도 없었다.
경보-대피-복귀 패턴의 반복이었다. 이런 화재경보가
울리더라도 다들 오작동일 거라고 무시하는 경우가 많았던
서울에서와는 대조적이었다.

먹는 것도 문제였다. 캠퍼스 근처에는 커피가 맛있는
카페도 없었고(어쩌면 내가 못 찾았는지도 모른다), 학생들을
주로 상대하는 식당들 역시 기대에 크게 못 미쳤다. 요리를
본격적으로 시작한 것도 그 때문이었다. 이민자가 많은
도시여서 식재료는 다양하게 구할 수 있었고 다운타운에는
H마트(당시 이름은 한아름마트)도 있었다.

먹는 문제는 그렇게 해결했지만 밴쿠버의 커피는 여전히
아쉬움이 있었다. 세이프웨이 같은 대형 마트에는 언제
볶았는지 알 수 없는 오래된 커피들이 진열돼 있었고,
로스팅하는 카페의 원두는 너무 비쌌다. 고정적인 수입이
끊긴 뒤의 해외 체류라서 절약을 해야만 했다. 그리고

이상하게 외화는 더 아깝게 느껴진다.

"내가 직접 로스팅을 해야겠어."

어디선가 커피 생두를 사서 프라이팬에 로스팅하는 것이
별로 어렵지 않으며 생두 가격은 원두 가격보다 매우
저렴한데다 오래 보관할 수 있다. 그리고 맛도 훌륭하다는
글을 읽은 뒤였다.

"그게 그렇게 쉬워? 집에서 아무나 해도 될 정도로?"

일단 나는 내가 '아무나'가 아니라고 생각한다. 언제나 그게
문제지만 하여튼 그렇다.

"쉽대. 요즘은 그런 사람 많대. 브라질이나 에티오피아 같은
산지에서는 다들 그렇게 가정에서 볶는대."

참고로 우리집의 의사결정 프로세스는 대체로 이렇다.

1. 내가 뭔가 새로운 일을 벌이겠다고 한다.

2. 아내는 그게 가능하냐고 묻는다.

3. 나는 가능할 뿐만 아니라 아주 쉽다고 대답한다.

4. 아내는 그럴 리 없다고 불신한다. "내 주변에서는 아무도
   안 해. 왜 그럴까?"

5. 아내를 열심히, 꾸준히 설득한다.

6. 아내가 그럼 일단 조금만 해보라고 한다.

7. 샘플을 보여주거나 (대부분의 경우) 바로 실행에 옮긴다.

8. 말처럼 쉽지 않음이 곧 밝혀진다(또는 재난이 발생한다).

9. 자기 말이 또 맞았음을 안 아내가 마음 약한 자신을
   탓한다.

10. 실패를 만회하기 위해 나는 미친듯이 그 일에 몰두한다.

밴쿠버와 뉴욕에서의 장기 체류부터가 이런 의사결정
과정을 거쳐 저질러진 것이었고, 지금 살고 있는 서울 집의
집짓기 또한 이렇게 진행되었다.
일단 나는 아마존닷컴에서 생두 10파운드를 주문했다.
자루에 담겨 온 묵직한 녹색 콩은 듣던 대로 저렴했지만
품질도 좋은지는 알 수 없었다. 블로그에서 찾은 '생두 볶는
법'을 출력해서 가스레인지 옆에 놓고 생애 첫 로스팅을
시작했다. 구글링을 해보면 생두 볶는 법이 이렇게 간단하게
정리되어 있다.

1. 팬을 중불에서 달군 뒤 생두를 올려준다.

2. 쉬지 않고 저으면서 볶는다.

3. 색이 점점 변해가며 껍질이 벗겨지는 원두를 지켜본다.

4. 적당히 볶아지면 꺼내서 열기를 식혀준다.

5. 로스팅 완성.

해본 사람으로서 말하자면, 절대, 절대 이렇게 간단하지
않다. 열을 받으면 커피콩은 팝콘처럼 터지기 시작한다. 그걸
파핑이라고 하는데 한 번으로 끝나지 않는다. 이십 분 정도
볶으면 탁, 탁 소리를 내며 껍질이 또 터지면서 사방으로
튄다. 이게 이차 파핑이다. 학생용 아파트의 작은 부엌은
난장판이 되었다. 탄 껍질들이 날아다니고 부엌엔 연기가
자욱해졌다. 그래도 그럭저럭 로스팅이 되기는 했고, 꽤
신기했다. 카페에서 파는 커피가 이렇게 만들어지는구나,
알아가는 재미가 있었다. 이미 사놓은 생두도 많이 남았고
해서 그후로도 계속 로스팅을 했다.

하루는 로스팅을 막 시작해서 일차 파핑이 일어난
직후였는데, 또 그놈의 화재경보가 울렸다. 내내 나무
주걱으로 원두를 쉬지 않고 저어주어야만 골고루 잘
볶아지는데 중간에 가스불을 끄고 대피하면 어설프게
볶아진 상태에서 로스팅은 망하게 된다. 하지만 아파트에

계속 남아 있다가는 소방용 도끼를 들고 집마다 쾅쾅쾅 문을
두들기고 다니는 소방대원에게 끌려나갈 우려가 있어(벌금을
낼 수도 있다) 나는 눈물을 머금고 로스팅을 중단한 채
밖으로 나가 오들오들 떨며 소방관의 귀가 허락을 기다렸다.
때는 겨울이어서 추웠고 그해 밴쿠버에는 눈도 많이 내렸다.
아내와 나는 아파트에서 몰래 담배(또는 비슷한 그 무엇)를
피우는, 또는 웍(중국 요리에서 사용하는 우묵한 프라이팬)으로
뭔가를 볶아대는 유학생들 욕을 하며 추위를 견뎠다. 제발
담배는 나와서 피우라고, 이 철없는 것들아, 목조건물이라
화재경보가 예민하게 세팅되어 있다고! 아무리 욕을
해도 화재경보는 계속 울렸다. 그래서 우리 부부는 아예
'생존가방'을 미리 준비해두기에 이르렀다. 금방이라도 입고
나갈 수 있게 두툼한 파카를 출입문 근처에 걸어두었고
여권과 비자, 노트북, 그 밖의 귀중품을 담은 생존가방도
언제라도 간편하게 들고 나갈 수 있게 그 아래에 두었다.
"캐나다 사람 다 됐네."
아내가 웃으며 말했다. 이제 우리는 아무 불만도, 불평도
없이 화재경보가 울리는 즉시 대피해 느긋하게 기다리는
사람이 되었다. 아내 말이 맞았다. 다 적응하기 마련이었다.

다만 원두를 볶을 때만큼은 그렇지 않았다. 대피를 하면
그때까지 볶던 아까운 커피콩을 다 쓰레기통에 버려야만
했기 때문이다. 팬 위에서 갈색으로 변해가는 콩을 지켜보며
열심히 로스팅하다가 갑자기 앞치마를 벗어던지고
생존가방을 챙겨 밖으로 뛰쳐나가야 할 때마다 헛되이
날아가버린 노력과 시간, 버려야 할 원두 때문에 속이
상했다.

내내 비가 내리는 축축한 밴쿠버의 겨울도 다 지나고 서서히
봄의 기운이 느껴지던 그날도 아내와 나는 화재경보 때문에
생존가방을 챙겨들고 아파트 앞 도로에 나가 있었다. 옷깃을
여미며 나는 언제나처럼 투덜거렸다.

"아니, 왜 하필 내가 커피 볶을 때마다 화재경보가 울리는
거야?"

"혹시……"

아내가 내 얼굴을 올려다보고 있었다.

"혹시 뭐?"

"우리가 커피 볶아서 그런 거 아니야?"

오랜 미제사건의 범인을 찾아낸 탐정의 눈이었다. 나는
얼치기 로스팅을 중단했고 우리가 여름에 밴쿠버를 떠날

때까지 화재경보는 단 한 번도 울리지 않았다. 유력한
용의자가 떠난 브리티시컬럼비아대학교에는 다시 평화가
찾아왔다.

조지 R. R. 마틴의 대표작이라 할 수 있는 '얼음과 불의 노래'
시리즈는 1996년 8월에 '왕좌의 게임'이라는 제목으로
첫 권이 나왔다. 이후 『왕들의 전쟁』『검의 폭풍』『까마귀의
향연』 등으로 이어졌다. 출간 때마다 베스트셀러였던
이 시리즈는 HBO가 〈왕좌의 게임〉이라는 드라마를
내놓으면서 훨씬 더 유명해졌다. 소설의 일부 독자들은
'얼음과 불의 노래'가 드라마화되는 것을 원치 않았는데
그 이유는 가뜩이나 세월아 네월아 느리게 쓰는 작가가
드라마 작업에 참여하면서 후속작 출간이 늦어질 것을
염려했기 때문이었다.
마틴은 재능이 넘치는 사람이지만 작가로서는 좀 산만한
유형이다. 관심사도 다양하고 이런저런 일도 많이 벌였다.
미국 CBS의 TV 시리즈 〈환상특급〉의 작가로 방송가에서
일하기도 했고 블로그도 운영했다. SF 컨벤션과 만화
컨벤션에 수십 년 동안 정기적으로 참석하며 독자들과도

활발하게 만나왔다. 정치적 사안에 적극 발언하며 미식축구
시즌에는 TV 생중계를 빠짐없이 보는 것으로도 알려져
있다.

2005년에 '얼음과 불의 노래' 제4권인 『까마귀의 향연』을
내놓고 다음 권 『드래곤과의 춤』을 출간하기까지 무려
육 년이나 걸렸는데 하필 그해에는 HBO 시리즈가
시작되었기 때문에 일부 독자들로부터 TV 시리즈 방영을
기다리느라 일부러 책을 안 내고 미루는 것 아니냐는 비난도
받았다. 미식축구 중계를 보고 있다고 블로그에 글을 올리면
어김없이 "빨리 작품 안 쓰고 왜 미식축구나 보고 있느냐"는
댓글이 달렸는데, 마틴도 지지 않고 "화장실 가서 오줌 좀
누고 오는 건 괜찮겠지?"라고 맞받아쳤다(그러고 보니 나도
얼마 전 강연장에서 한 독자로부터 "신작을 기다리고 있다. 언제
나오냐"는 질문을 받았는데, 아무래도 강연 같은 것 하지 말고
집에서 소설을 열심히 쓰라는 질책이었던 것 같다).

워낙 오랫동안 써온데다 등장인물은 너무 많고, 중간에 다른
작품을 집필하거나 다른 데 정신을 파는 일이 많다 보니
작가 자신도 캐릭터와 스토리에 대해 좀 헷갈렸던 것 같다.
일곱 왕국에서 벌어지는 여러 가문의 합종연횡이 복잡하게

진행됨에 따라 세부적 사실을 혼동하거나 놓치는 일이
잦아진 것이다. 예를 들어 앞에서는 '암말'로 묘사한 말이
뒤에서는 '종마'로 나온다든가, 어떤 등장인물의 눈 색깔이
녹색이었는데 다음 권에는 파란색으로 나오는 일이 있었던
것인데 천오백만 부가 넘게 팔린 시리즈의 열성 독자들은
그런 실수를 놓치지 않았다. 다행히 그에게는 엘리오
가르시아라는 유명한 팬이 있었다. 글을 쓰다가 확신이 서지
않을 때면 마틴은 스웨덴에 사는 가르시아에게 연락을 했다.
예를 들어 마틴이 이메일로 "내가 전에 이런 대사 쓴 적이
있었나요?"라고 물으면 가르시아는 즉각 답장을 보냈다고
한다. "네, 4권 17쪽에 나와요"라고. 이 열성팬 덕분에 마틴은
자기가 쓰고 있는 '얼음과 불의 노래' 시리즈에 이름을 가진
등장인물이 무려 천 명이 넘는다는 것도 알게 되었다. 물론
이 수치에 가장 놀란 사람은 바로 작가 자신이었다.
이런 얘기는 모두 문학평론가 로라 밀러의 2011년 4월
11일자 『뉴요커』 칼럼에 나오는 것으로, 밀러는 열성팬들에
의한 작가의 자율성과 신성성 침해에 착목했지만 나는
작가가 작품에 대한 자신의 무지를 인정하고 때로는
독자에게 의존해 작품을 계속 써나간다는 부분이

흥미로웠다. 인물과 줄거리를 창조한 작가조차 의존하지 않을 수 없었던 이 가르시아라는 팬은 페이스북과 트위터(엑스)에 마틴의 공식 팬 계정을 가지고 있을 뿐 아니라 '얼음과 불의 노래' 공식 팬 사이트도 운영한다. 드라마 〈왕좌의 게임〉을 준비하던 HBO의 제작진들도 그에게 자문을 자주 구했다. 또한 그는 '얼음과 불의 노래' 가이드북 제작에도 작가와 함께 공동 저자로 참여했다. 그는 새로운 직업을 만들어냈다. 바로 전업 독자였다.

2014년 런던국제도서전의 주빈국은 우리나라였다. 그해 4월, 여러 장르의 작가들과 함께 아직은 뺨에 닿는 바람이 차가웠던 런던으로 날아가 이런저런 행사에 참여했다. 만화 『미생』의 윤태호 작가도 동행이었는데 그로부터 인상적인 애기를 들었다. 연재를 40화에서 50화 정도 하다보면 작가와 독자 간에 누가 캐릭터에 대해 더 많이 알고 있는지 잘 모르겠는 순간이 온다는 것이다. 캐릭터의 대사와 행동을 오래 보아온 독자도 나름의 통찰력으로 그 인물에 대해 잘, 어쩌면 작가보다 더 깊이 알게 된다고 했다. 그럴 수 있을 것 같았다. 작가의 일은 캐릭터를 만들어 대사와 행동을 부여한 뒤 출판을 통해 세상에 내보내면 끝이 난다. 그때부터는 독자의 머릿속에서 새로운 창작이 시작된다. 독자는 그렇게 주어진 인물을 이해하려 노력하고 내면화한다. 그 과정이 계속 이어지면 어떤 순간 독자는 개개의 인물에 대해 그 누구의 해석에도 흔들리지 않는, 자기만의 판단을 갖게 될 것이고, 때로는 창조자인 작가에게도 맞설 것이다. 왜냐하면 그때쯤 그 인물은 이미 작가의 것이 아니라 온전히 독자의 것이 되어 있을 테니까.

조지 R. R. 마틴과 윤태호 작가의 이야기에서 롤랑 바르트의 텍스트론을 떠올릴 사람들도 있을 것이다. 바르트는 텍스트가 저자의 손을 떠나는 순간, 어떤 의미에서 더이상 저자와 관계가 없다, 왜냐하면 텍스트는 독자에 의해 무한히 재생산·재창조될 대상이다, 텍스트에서 저자는 명목상의 저자일 뿐이다, 그러므로 텍스트에서 오독이란 무의미한 말이다, 라고 설파한 바 있다. 더 나아가 그는 독자를 텍스트로 유희하며 새로운 텍스트를 생산하는, 다시 말해 텍스트를 소비하는 것이 아니라 완성하는 존재라고 보았다. 앎에 대해 겸손했던 조지 R. R. 마틴과 윤태호 작가와는 달리 나의 '저자'인 엄마는 내가 마흔 줄로 접어들었을 때조차도 사람들에게 당신이 아들인 나를 누구보다 잘

'안다'고 장담하곤 했다. 나는 이십대 때부터 이미 엄마의
그 말에 동의하지 않았는데, 왜냐하면 근거가 오직 '내
속으로 낳았다'뿐이었던데다가 대부분 사실과 다르거나
부정확했기 때문이다. 며느리에게도 곧잘 아들에 대한
당신의 확고한 앎을 역설하셨고, 그래서 본가에 다녀온
날이면 그 오류들을 일일이 바로잡아주어야만 했다. "그냥
당신이 믿고 싶은 대로 믿으시는 거야." 엄마가 너무나 자신
있게 한 말이 그렇게 많이 틀렸다는 것에 아내는 놀라곤
했다. 그러면서도 아내가 엄마의 말에 매번 다시 귀를
기울이게 된 것은 그 '앎'의 정확성에 대한 믿음 때문이
아니라 세상이 부모에게 부여한 앎의 권력(자식의 '명목상의'
저자라는 권위) 때문이었다. 다시 말해 엄마는 자식을 정말로
잘 알았던 것이 아니라 '자식을 잘 안다고 말할 수 있는
권력', 즉 다른 사람이 귀를 기울이게 만들 힘을 가지고
있었을 뿐이다.

내가 나를 모르고, 나를 낳은 엄마도 나를 모를 때, 다행히
세상에는 의외로 나를 잘 아는 이들이 있다. 얼마 전 머리를
깎으러 미용실에 갔는데 미용사가 정수리 부근이 빨갛게
부어올랐다고 알려주었다. 정수리를 바닥에 대고 하는

요가 자세를 많이 연습해서 그렇다고 했더니 앞으로는
매트 위에 수건을 깔고 하라고 충고해주었다. 샴푸를 하러
누웠더니 스태프도 같은 말을 했다. 정수리가 빨개지셨어요.
그 부분의 머리도 많이 빠지셨고요. 그들은 내가 절대 볼
수 없는 부분을 보아주는 사람이었다. 그들의 조언대로
수건을 깔고 수련을 했다. 다음달에 갔더니 다들 다시 머리가
나기 시작했다며 자기 일처럼 기뻐해주었다. 아내도 나를
하루종일 보기는 하지만 정수리를 내려다볼 일이 없다.
내 정수리를 보아줄 사람들은 전 세계에 그들밖에 없다.
사십대 초반에는 근력 운동과 달리기를 열심히 했다. 운동을
하러 가면 먼저 트레드밀에 올라가 걷고 뛰며 몸을 풀었다.
몇 분쯤 그러고 있으면 트레이너가 다가와 말했다. 어제 많이
앉아 계셨나봐요? 혹시 무릎 아프세요? 간밤에 잠 잘 못
주무셨어요? 재활치료를 전문으로 하는 그 트레이너는 걷고
뛰는 자세만 잠깐 보고도 많은 것, 예를 들어 골반이 틀어진
것, 척추가 굽은 것, 일자 목이 심해진 것 등을 알아차렸다.
심지어 전날 튀김을 먹은 것까지 짚어내는(튀김을 먹으면
관절에 염증이 생겨서 움직임이 나빠진단다) 신통력이 있었다.
16세기 프랑스 피레네산맥 근처에 살았던 농부 마르탱

게르는 어느 날 아내와 자식을 두고 집을 나간다. 그랬다가 팔 년 만에야 아내에게 돌아와 결혼생활을 이어간다. 남편은 떠날 때와는 달리 아내에게 다정하고 가정적이다. 그런데 삼사 년이 흐른 어느 날 아내는 그가 가짜 마르탱 게르라며 고발한다. 남자가 재판에서 자신이 진짜임을 입증하는 데 거의 성공할 찰나 진짜 마르탱 게르가 나타난다. 결국 아르노 뒤 틸이라는 사기꾼은 유죄판결을 받는다. 증명사진도, 신분증도, 찍어놓은 지문도, 유전자 감식도 없던 시대, 그가 유죄판결을 받는 데 결정적 역할을 한 증인은 그 마을의 구두장이였다. 그는 마르탱 게르가 가족을 떠나기 전에 구두를 만들어준 일이 있었기 때문에 그의 발에 딱 맞는 본을 가지고 있었다. 그런데 돌아온 마르탱 게르의 발은 본보다 작았다. 사람의 발이 작아지는 일은 없기 때문에 이는 그가 가짜임을 시사하는 강력한 증거가 되었다. 돌아온 마르탱 게르가 '내가 바로 진짜 나'라는 것을 입증하는 것은 그 자신만으로는 부족했다. 그의 발을 보고 기억한 사람이 필요했다.

이 실화는 나중에 내털리 데이비스의 책 『마르탱 게르의 귀향』을 통해 다시 유명해졌고, 제라르 드파르디외 주연의 프랑스 영화로, 리처드 기어 주연의 미국 영화로 각색되었다.
이 이야기를 재밌게 읽었기 때문에 나는 그뒤로 구둣방에
갈 때면 묻곤 했다. 발만 보고도 단골인지 알 수 있나요?
그러면 그들은 그제야 고개를 들어 내 얼굴을 볼 때가
많았다. 그러고 보면 구두를 닦거나 수선하러 갈 때 한 번도
그분들의 얼굴이나 눈을 본 적이 없다는 생각이 들었다. 문을
열고 들어가면 고개를 숙인 채로 일을 하고 있던 분들에게
구두를 벗어 건네주고 일이 끝난 뒤에 구두만 돌려받았다.
내 질문을 받은 사장님들은 자신 있게 말했다.
"얼굴을 보면 몰라도 구두는 보면 알아요."
"딱 보면 알죠. 한번 닦은 구두는."
"구두를 보면 주인 성격도 알 수 있어요."
영화 〈아바타〉에서 나비족의 인사는 "I see you", '나는
당신을 봅니다'이다. 영화의 어지러운 3D 화면은 극장을
나오자마자 잊혔는데 그 단순한 인사는 마음에 오래 남았다.
"너 그렇게 안 봤는데……"라는 말의 뜻은 '너를 그런
사람으로 생각하지 않았는데……'이다. 보는 것은 생각하는
것이다. "앞으로 어떻게 걔 얼굴을 보겠냐?"라는 말은 '이제
걔와의 관계를 지속하기 어려워졌다'는 뜻이다. 보는 것은

관계를 지속하는 것이다. "널 당장 보고 싶어"라는 말은
사진을 보내달라는 뜻이 아니다. 보는 것은 같은 시공간에
함께 있는 것이다. 만나서 의미 있는 시간을 갖는 것이다.
"나는 그 일을 그렇게 보지 않아"라는 말은 '나는 그 일을
그렇게 이해하지 않아'라는 뜻이다. 보는 것은 이해하는
것이다.

세상에는 나를 대신해서 나를 보아주는 사람들이 있다.
그들은 나의 어떤 면을 문자 그대로 보고, 생각하고,
이해한다. 그리고 관계를 지속한다. 물론 나도 나를 보기는
한다. 그러나 셀카를 찍듯이 본다. 자주 보는 면을 괜찮게
보이는 각도로 본다. 정수리나 발, 걸음걸이와 자세를
보지 않는다. 제목은 기억이 나지 않지만 오래전에 본 한
영화에서 주인공은 아끼던 머리를 자른다. 그녀는 집으로
돌아가지만 아무도 그녀에게 일어난 큰 변화를 알아차리지
못한다. 가족이 자신을 '보지 않'는다는 것을 안 그녀는 집을
떠나기로 한다. 아마 단골 미용사라면 놓치지 않았으리라.
시각이 워낙 압도적인 감각이어서 그렇지 다른 감각들로도
우리는 타인을 느낀다. 후각은 가까이에서만 작동하지만
그만큼 강렬하다. 개들은 만나면 냄새부터 맡는다.

길고양이들도 친한 고양이를 마주치면 조심스럽게 작은 코를 벌름거리며 탐색을 한다. 프랑스인들이 '비주'라고 부르는 볼 키스 역시 원래는 서로의 냄새를 맡는 풍습에서 기원했다는 설이 있다. 위생이 지금 같지 않던 시절, 물이 귀한 시대에는 후각으로 시각만큼이나 많은 정보를 받아들일 수 있었을 것이다. 지금은 모두 최선을 다해 냄새 정보를 없애거나 향수 같은 인공 향으로 원하는 냄새를 만들어내기 때문에 시각의 중요성이 상대적으로 더 커졌을 것이다.

가족과 함께 지내던 이가 혼자 살게 되면 냄새부터 달라진다. 냄새를 맡고 용감하게 말해주는 타인이 부재하는 상태. 후각은 쉽게 무뎌지고 인간은 자기 몸에서 풍기는 냄새로부터 '보호'된다. 학창 시절의 어느 봄날, 햇빛이 그대로 섬유 속으로 스며든 것 같은 셔츠를 입고 교단에 서던 선생님을 바라보던 우리의 시선은 그대로 그를 통과하여 그의 냄새를 대신 맡아주었을, 얼굴도 모를 누군가에게로 향했다. 반대로 참으로 열성적으로 가르치지만 언제나 팥죽같이 땀을 많이 흘리던, 그런데도 후줄근해진 셔츠를 며칠이고 입는 선생님이 가까이다가오면 슬며시 고개를 돌렸다. 그의 뒤엔 누구의 그림자도 보이지 않았다.

신병교육대 입교 몇 주 후에는 가족과 면회를 할 수 있었다. 오랜만에 가족을 만날 기대로 전날 동기 신병들은 모두 들떴다. 지급받은 두 벌의 전투복 중에서 그나마 깨끗한 것을 빨아 말렸다. 면회 날 아침 우리는 모두 계급장도 없는 전투모를 쓰고 취사장 뒤 빨랫줄에 널어 말린 전투복을 급히 다려 입었다. 면회 시간이 되어 나가보니 아버지와 엄마, 그리고 부모님 차를 얻어 타고 온 친구가 있었다. PX 앞마당에서 엄마가 집에서 양념해 온 소불고기를 구워먹었는데 천상의 음식 같았다. 시간이 흘러 제대를 하고 그때 면회를 왔던 친구와 만나게 되었다. 그때 면회 와주어서 고맙다고 했더니 친구는 자기도 즐거웠고, 불판에 구워먹은 고기도 맛있었다고 했다. 그러면서 그때는 훈련도 힘든데 상처라도 받을까봐 말 못했는데, 면회를 하러 나온 훈련병들 몸에서 진한 쉰내가 진동했었다고 알려주었다. 그것은 평소 빨래를 잘 해보지도 않은 이십대 남자애들이 거품도 잘 나지 않는 군용 세탁비누로 대충 빨아 잘 헹구지도 않은 채 빨랫줄에 넌, 그나마도 7월의 높은 습도로 잘 마르지 않은

군복에서 풍긴 냄새였을 것이다. 그런데 같은 공간에서
생활했던 우리들은 후각의 차원에서 일심동체가 되어
있어 전혀 의식할 수 없었다. 나중에 동생 면회를 하러
신병교육대에 갔을 때에야 친구가 말한 바로 그 냄새를
제대로 맡을 수 있었다.

어린 시절의 일기에는 '나'에 대한 말들로 가득했다. 내가
누구이며, 어떤 사람일까를 알기 위해 애썼던 십대의 내가
거기 있다. 그러나 돌아보면, 나라는 존재가 저지른 일,
풍기는 냄새, 보이는 모습은 타인을 통해서만 비로소 제대로
알 수 있었다. 천 개의 강에 비치는 천 개의 달처럼, 나라고
하는 것은 수많은 타인의 마음에 비친 감각들의 총합이었고,
스스로에 대해 안다고 믿었던 많은 것들은 말 그대로 믿음에
불과했다.

스캔들이 된
고통의 의미

요가에는 힘든 자세가 많다. 아니, 힘이 들 때까지 자세를
밀어붙인다. 평소와는 달리 몸을 과하게 굴신하고 비튼다.
그런 어려운 자세를 하다가 문득 옆을 돌아보면 다들
어떻게든 그 자세를 해내려고 거친 호흡으로 애를 쓰고
있다. 그럴 때마다 도대체 인간은 왜 이런 고통을 스스로에게
부과하는 것일까 생각하게 된다. 그러면서 요가 선생의
입에서 '사바사나'라는 마법의 단어가 나오기만을 기다린다.
사바사나는 산스크리트어로, 번역하면 송장 자세다. 그냥
천장을 보고 누워 있으면 되는 편안함 때문에 아마 전 세계
요가인들 사이에서 가장 인기 있는 자세일 것이다. 격렬한
고통 뒤에 찾아오는 몇 분간의 짧은 죽음 체험. 이 달콤한

휴식을 만끽하기 위해서는 오십 분간의 잘 통제된 고통이
필요하다. 요가는 신체 운동이라기보다 마음과 생각의
연습에 가까운 것 같다. 요가를 한다는 것은 날마다 자신에게
이렇게 일깨우는 일과 같다. 고통은 피할 수 없다. 그러나
익숙해질 수는 있다. 그리고 모든 고통에는 끝이 있다. 요가
수업은 스스로 고통으로 걸어들어갔다가, 잠깐 죽었다가,
문득 눈을 뜨고 다시 밖으로 걸어나오는 과정을 반복하는
것이다. 다른 운동도 비슷할 것이다. 다만 요가에는 가벼운
죽음의 의례, 사바사나가 반드시 있다. 사바사나가 시작되면
벌떡 일어나 매트를 걷고 나가버리는 이들도 있다. 바쁜
일이 있어서일 수도 있고, 운동은 끝났는데 왜 누워 있는지
납득하지 못하는 이들일 수도 있다. 물론 나는 그 사바사나를
위해 요가를 한다고 말할 수도 있는 사람이기 때문에
일어나라고 할 때까지 고요하게 누워 있는다. 그렇게 누워
있으면 혹시 요가란 다가올 죽음을 직시하고 받아들이는
기초적인 명상 수련은 아닐까 하는 생각에까지 이르게 된다.
서로 고통을 주거나 받는 것을 즐기는 성향을 가진 이들도
있다. 이들을 사디스트와 마조히스트라 부른다. 사디즘의
어원을 제공한 사드 후작의 작품 『소돔의 120일』부터

레오폴트 폰 자허마조흐의『모피를 입은 비너스』, 엘프리데 엘리네크의『피아노 치는 여자』까지 많은 문학이 이것을 주제로 다뤘다.『S&M 페미니스트』의 저자 클라리스 손은 수많은 실패 끝에 자신의 사도마조히즘적 성향을 받아들였다고 말한다. SM이 학대와 근본적으로 다른 점이 바로 '동의'이기 때문에 이 성향을 가진 이들의 '플레이'에서 중요한 것은 세밀한 의사소통이라고 한다. 이들은 세이프워드(플레이를 멈추는 안전어)와 체크인(중간에 서로의 상태와 의사를 확인하는 행위)을 통해 행위를 멈추거나 조율한다. 클라리스 손에 따르면 "동의는 언제나 일어나고 있고, 늘 재협상되거나 철회할 수 있다". 고통의 교환을 기반으로 하는 플레이에서 이들이 오히려 동의를 더 중시한다는 것은 흥미로우며 이것은 다른 모든 섹스 관계에서 지켜져야 할 규칙이기도 하다. 잘 정의된 약속이 있고, 그 약속을 언제든지 서로 협의하여 바꿀 수 있다면 일시적인 고통도 얼마든지 즐거움이 될 수 있다. 그러나 그 반대라면 고통은 정말 견디기 어려운 것이 된다. 약속도, 기한도, 세이프워드도 없는 고통도 세상에는 얼마든지 있다. 이제는 잘 알려진 것처럼 '트레드밀treadmill'로 불리는 러닝머신은 원래 19세기 영국에서 죄수들에게 중노동을 시키기 위해 고안된 고문 기구였다. 1818년 엔지니어 윌리엄 큐빗의 발명품인 이 기구는 열 명에서 스무 명 사이의 수감자들이 가로로 눕힌 거대한 원통을 밟아 돌리는 것으로 원래는 곡물을 빻으려 했던 것 같다('treadmill'의 원래 의미가 '디딜방아'에 가깝다). 그러나 결과적으로 그냥 수감자들에게 벌을 주는 용도로만 사용되었다(아무것도 생산하지 않는 무의미한 노역이어야 더 큰 고통이 된다는 것을 관리자들은 깨달았을 것이다). 당시 그림을 보면 지금의 러닝머신보다는 스테퍼stepmill와 비슷해 보인다. 수감자들은 주 5일, 하루 여섯 시간씩 트레드밀에 올라 그 원통을 돌려야 했다. 이들의 하루 운동량은 최대 4267미터 높이의 산을 오르는 것과 같았다고 한다. 트레드밀은 미국을 비롯한 외국의 교정 시설로도 수출되었다. 1824년 뉴욕 교도소의 교도관 제임스 하디가 트레드밀이 난폭한 수감자들을 통제하는 데 효과적이라고 평가한 기록도 있다.

좁은 공간에서 아무 의미 있는 목적 없이 하루 여섯 시간이나 돌려야 하는, 지루하고 단조로워서 더 공포스러웠던 이 고문 기구는 19세기 말이 되면서 더

비인간적인 방향으로 '개량'되었다. 트레드밀 사이사이에 투표소처럼 칸막이를 설치해 트레드밀을 밟는 수감자들이 서로 대화조차 나눌 수 없도록 만든 것이다. 이는 20세기를 이 년 앞둔 1898년에 수감자들의 인권을 보호하는 교도소법이 통과되면서 사용이 금지되었다.

그로부터 오십여 년이 흘러 트레드밀은 심혈관계 환자들의 건강 개선을 위한 의료용 기기로 다시 세상에 나타난다. 그리고 1970년대에 미국의 조깅 붐과 함께 전 세계에 널리 퍼지게 된다. 단순히 교도소라는 환경 때문에 트레드밀이 고문 기구가 된 것은 아니었다. 의미를 찾을 수 없는 고된 노역, 스스로 멈출 수 없다는 데서 오는 공포가 수감자들을 압도한 것이다. 운동기구가 된 트레드밀 역시 인간에게 고통을 부과하지만 그것은 인간이 스스로 선택한 것으로, 어떤 강도로 얼마나 오래 지속할지를 직접 결정할 수 있고, 언제든지 중간에 내려올 수 있다. 이렇게 스스로 부과하는 고통은 성장과 변화의 동력이 된다. 산티아고 순례길을 걷든, 백두대간 종주를 하든, 매일같이 크로스핏 운동을 하든, 끝이 있고 잘 통제되기만 한다면 더 강한 존재로 변화한다는 것을 우리는 경험을 통해 잘 알고 있다.

1883년 12월 9일 독일 북서부의 묀헨글라트바흐 Mönchen-
gladbach에서 한 남자아이가 병약한 몸으로 태어난다.
어려서부터 천식과 류머티즘 열병 등으로 고통을 겪은
이 소년은 체조 선수 출신이었던 아버지로부터 체조,
보디빌딩, 주짓수, 권투 같은 운동을 열심히 배워
나중에는 서커스에서 활동할 정도의 유연한 몸과 체력을
갖게 되었다. 그는 1912년 영국으로 이주하여 런던
경시청 산하 경찰학교에서 호신술을 가르쳤다. 1914년
제1차세계대전이 발발하자 영국은 그를 포함해 자국에
거주하고 있던 독일 출신자들을 랭커스터성에 설치된
수용소에 구금한다. 그런데 거기에서 그는 요가와 동물의
움직임을 연구해 다른 수감자들에게 다양한 기구와 매트,
소도구를 사용해 근육을 기르고 골격을 강화하는 운동을
가르쳤다. 수용소의 좁은 공간을 효과적으로 활용하는
운동법이었다. 특히 그는 고양이의 움직임에 깊은 감명을
받았던 것으로 알려졌다. 1925년 그는 미국으로 이민을
떠났고 거기에서 마사 그레이엄 같은 유명 무용수들과
만나게 된다. 유명 무용수들이 맨해튼 8번가에 있는 그의
스튜디오를 출입한다는 것이 알려지자 사교계 여성들도

몰려들었다. 그의 이름은 요제프 후베르투스 필라테스로, 우리가 지금 필라테스라 부르는 운동법의 창시자이다.

필라테스 스튜디오들은 대부분 예쁘게 꾸며진 고문실처럼 보이고, 이 운동법의 기원에 대해서도 생각하게 만들지만, 트레드밀처럼 그 기원과는 많이 멀어져 이제는 '잘 통제된 고통'을 즐기러 가는 곳이 되었다.

그러나 우리가 사는 세상에 그런 고통만 있는 것은 아니다. 얼마 전, 어느 강연장에 좀 일찍 도착해서 담당자와 구청 앞 카페에서 얘기를 나눌 기회가 있었다. 무슨 얘기를 하다가 그쪽으로 흘러갔는지 기억나지 않지만 담당자의 부친이 세상을 떠나기 전까지 오랫동안 루게릭병으로 투병했다는 이야기를 듣게 됐다. 루게릭병(근위축성측색경화증)은 현재로서는 완치할 방법이 없는 병이다. 운동신경세포가 파괴되는 희귀난치성질환으로 퇴행성이어서 일단 발병하면 상태는 계속 악화될 뿐이다. 루게릭병은 환자와 가족 모두에게 공포의 병이라 했다. 정신은 멀쩡한데 몸을 움직일 수가 없다. 담당자의 부친은 말기가 되자 음식을 삼킬 수도 없어 튜브를 연결해 영양을 공급했고 스스로 몸을 뒤집을 수 없었기에 욕창을 막으려면 가족들이 늘 곁에서 살펴야

했단다. 몸이 가려워도 긁을 수 없고, 가렵다는 것조차 알릴
수가 없는 병.

"루게릭병 환자는 요양병원에서도 받아주지 않아요."

"왜요?"

"간병이 너무 어렵다고요. 전국 어디나 마찬가지예요."

"아니, 그럼 어떻게……?"

"가족들이 돌아가며 지켰죠."

구청에서 사회복지 업무를 담당했던 사람이니 오죽 열심히
알아보았을까. 그래도 방법을 찾지 못한 것이다. 환자의
괴로움이야 말할 것도 없다. 병석에 누워 멍하니 눈을 뜬 채
가족들의 끝 모를 희생을 지켜보아야 하는 병이다. 담당자는
루게릭병에 걸리느니 차라리 알츠하이머병에 걸리기를
소망한다고 했다. 외국 연구를 보면 루게릭병 환자의
5~10퍼센트가 가족력이 있다고 하니 환자와 유전자를 나눈
가족이라면 한 번쯤은 스스로에게 던져보았을 질문이다.
제정신으로 고통을 직시하는 것과 내가 나인지조차
잊어버리는 것 둘 중에서 어떤 게 나을까?
이런 감당하기 어려운 고통을 말할 때 기독교 문명권에서는
구약의 욥을 떠올린다. 그의 고난에는 이유가 없다. 선량하고

모범적으로 살았고 부유하고 다복했다. 그런데 갑자기
열 명의 자식과 모든 재산을 잃는다. 질병도 그를 괴롭힌다.
악성 종기가 나기 시작하는데 발바닥에서 정수리까지,
기왓장으로 긁어내지 않으면 견딜 수 없을 정도로 온몸을
뒤덮는다. 자식들의 잇따른 죽음과 병으로 고생하는 남편을
돌보느라 욥 못지않은 고통을 겪었을 아내는 남편에게
신을 저주하고 콱 죽어버리라고 말한다.「욥기」를 끝까지
읽어봐도 욥이 이 시련의 의미를 찾은 것 같지는 않다.
그보다는 고통의 원인을 찾는 일의 무의미함을 발견했다고
보는 게 맞을 것 같다. 성서 속 신은 '왜 내가 이런 고통을
받아야 하느냐'고 묻는 욥을 마뜩지 않아 하는 것처럼
보인다. 욥이 그 질문을 거둬들이고 그저 순종하기로 마음을
먹었을 때에야 신은 그에게 (답이 아닌) 보상을 내린다.
인도에서는 카필라왕국의 왕자 싯다르타가 인간의 고통이
어디에서 비롯되며 어떻게 해결할 수 있을까를 알고자
출가했다. 기독교가 죄로 시작한다면, 불교는 고통에서
시작한다. 불교에서 말하는 생로병사의 네 가지 괴로움에
생고, 즉 태어남의 고통이 포함되어 있다는 것이 어릴
때부터 의문이었다. 태어나는 것 자체는 좋은 것 아닌가?

늙고 병들고 죽는 것이야 괴롭겠지만. 그러나 싯다르타는
태어나는 것 자체가 고통이라고 보았던 것 같다. 기억을 하지
못할 뿐.

요한 바오로 2세가 한국을 방문했을 때는 전두환의 폭압
통치가 한창이던 1984년 봄이었고 나는 고등학생이었다.
교황은 여의도에 모인 백만 명의 천주교 신자들 앞에서
조선 후기 여러 박해에 맞서 순교한 103인을 성인으로
시성했다. 조선의 천주교 탄압은 무지막지했다. 무려 일만
명이 넘는 신자들이 참혹하게 처형을 당했다. 고종의 유모도
신자였을 정도로 교세가 만만치 않았지만 대원군의 치세
동안 철저하고 가혹한 박해는 절정을 이루었다. 합정동
절두산切頭山의 뜻을 그때 알았다. 교황의 방한과 대규모
시성에 맞춰 교회는 나와 같은 청소년들에게 순교자들이
얼마나 큰 고통을 견뎌냈는가를 가르쳤는데 감수성이
예민하던 시기에 접한 왕조시대의 고문과 폭력은 너무 강한
심리적 잔상을 남겼다. 형리들은 허벅지 살을 뜯고, 달군
인두로 몸을 지지며 고문했다. 그런데도 하나같이 기쁘게
고문과 처형을 받아들였다는 대목에서는 인간 정신의 어떤
불가해한 영역을 엿본 것 같은 기분이었다. 약속이 있고,

그 약속을 굳게 믿기만 한다면, 인간은 그 어떤 잔혹한 고통이라도 견딜 수 있는 무시무시한 존재라는 것을 그때 처음 어렴풋이 알았던 것 같다. 내가 전혀 몰랐던 것은 조선왕조의 만행에 대해 놀라고 있던 바로 그때에 남영동과 남산에서도 다른 약속을 함께 믿으며 고문을 견디던 이들이 있었다는 것이다. 순교자와 양심수들에게 세이프워드가 없었던 것은 아니다. '배교'와 '전향'이면 고문을 멈출 수 있었다. 그러나 그들은 그 안전어를 쓰지 않았다. 원하면 내려올 수 있는 러닝머신과 처벌 기계로서의 트레드밀. 아예 안전어가 없는 무의미한 시련과 있어도 내뱉지 않고 감내하는 극한의 고통. 그것은 그저 의미의 있고 없음의 차이일까? 만약 그렇다면 언젠가 '잘 통제된 고통'이 아닌, 그야말로 아무 의미도 찾을 수 없는 끝 모를 고통에 직면할 때, 나는 무엇으로 그것을 견딜 수 있을까? 고통이 닥치지도 않았는데 앞질러 두려워하는, 아니 혐오하는 이런 증상은 전 세계적 현상이 되어 있다.

철학자 한병철의 문제적 저작 『고통 없는 사회』는 에른스트 융어의 대담한 선언을 인용하면서 시작한다. "네가 고통과 어떤 관계를 맺고 있는지 말하라, 그러면 네가 누구인지 말해주겠다!" 그러면서 그는 '고통에는 각각의 사회를 이해하는 열쇠가 담겨 있다'고 말한다. 그렇다면 지금 우리가 살고 있는 이 시대는 어떤가? 한병철은 '모든 고통스러운 상태가 회피되'는 '고통공포Algophobie'로 진단한다. 이런 사회에서는 사랑의 고통조차 의심스러운 것이 된다. 그는 미국의 통증 전문가 데이비드 B. 모리스의 이 흥미로운 발언을 가져온다. "오늘날의 미국인들은 아마도 고통 없는 삶을 일종의 헌법으로 보장된 권리처럼 생각하는 지구상 첫 번째 세대에 속할 것이다. 고통은 스캔들이다."
한병철에게 '긍정심리학'은 진통제이며 마취제이다. '오늘날 고통 경험의 주요한 특징 중 하나는 고통이 무의미한 것으로 지각된다는 것이다'. 그러나 고통은 무의미하지 않다. '모든 진실은 고통스럽'고 '고통은 결속'이자 '자아의 윤곽을 드러내'며, '고통은 현실'이다. 이 현실의 반대편에는 좋아요like의 세계가 있다. 또한 고통이 사라진 '만족의 문화에는 카타르시스의 가능성이 빠져 있다'. 문제는 아무리 고통을 회피하려 해도 고통은 반드시 귀환한다는 것이다. 수많은 약물과 긍정심리학의 도움에도 불구하고 만성통증은 늘어나고 있고, 아이들은 자해하며, 정신적 고통은 극심해졌다. 한병철은 "만성적 고통이 견딜 수 없게 된 것은 무엇보다도 오늘날의 사회가 의미를 상실했기 때문이다. 만성적 고통은 의미를 상실한 우리 사회를, 우리의 이야기를 잃어버린 시대를 반영한다"고 진단한다. 이야기가 있기는 있다. 그러나 그 이야기 속에서 고통이 사라졌다는 뜻이다. 요즘 유행하는 이야기들 속에서 주인공은 전능에 가까운 경우가 많다. 주인공의 시련은 독자에게 '고구마를 백 개 먹'는 불쾌한 경험을 제공할 뿐이다. 주인공은 시련이나 통과의례 없이도 매우 유능하거나, 미래에서 와서 과거의 일을 훤히 알고 있다. 또는 갈등 자체를 회피하면서 자기만의 성에 고립된 채 무해하게 살아가고 있다.

그랬다. 이야기는 고통과 카타르시스를 교환해 우리의 영혼을 정화하는 장치였다. 이야기 속에서 한 인물이 큰 고통을 감수한다는 것은 인물이 그 고통의 의미를 안다는 뜻이다. 한 시간의 요가 세션을 마친 뒤 매트에 편안히 누워 눈을 감고 호흡을 고를 때마다 내 마음 한구석에서 치밀어 오르는 희미한 불안이 있다. 이것이 지금의 내가 감당할 수 있는 고통의 한계이고, 만일 이보다 더한 고통이 찾아온다면 나는 속절없이 무너질지도 모른다는 것이다. 지금까지 나는 고통의 의미를 찾아 견디기보다 몸 가볍게 달아나며 마법 구두를 신은 '그림자를 판 사나이'로 살았다. 하지만 과연 언제까지 그럴 수 있을 것인가? 내가 기꺼이 견디고자 할 의미 있는 고통은 어떤 것일까?

이탈

새내기들이 들어오는 3월의 첫 주, 대학교의 동아리들은
아직 뭘 잘 모르는 후배들을 잡기 위해 나름대로 준비를
많이 한다. 음악 동아리들은 연주를 하고, 사진 동아리는
전시회를 하고, 운동 동아리는 차력 쇼 비슷한 걸 하기도
한다. 가장 기억에 남았던 건 산악회였다. 모두 서서 위를
올려다보고 있길래 나도 고개를 들었다. 창문을 닦는
사람인 줄 알았는데 로프를 걸어 벽을 타고 오르는 산악회
회원이었다.

내 경우에는 입학식 다음날, 그러니까 개강 첫날에
학생회관 일층에서 처음으로 마주친 동아리에 가입했다.
국악연구회였다. 가야금, 대금, 해금 같은 악기가 놓여

있었다. 국악을 꼭 하고 싶었던 것은 아닌데 그렇게 되었다.

"악기를 가지고 있지 않아도 되나요?"

내 질문에 누군가가 없어도 된다, 몸만 들어오면 된다고
말하면서, 악기를 보여줄 테니 사층으로 같이 올라가자고
했다. 그래서 다른 동아리의 가입 권유를 받을 틈도 없이
사층의 동아리방으로 가게 되었다. 벽에는 가야금과
거문고가 여러 대 걸려 있었고 대금도 충분해 보였다. 악기를
만져보라기에 시키는 대로 했고, 잠시 후 몇 명의 신입생들이
더 동아리방으로 올라왔다. 선배들이 술을 사주겠다며
데리고 나갔는데 다음날 아침에 정신을 차려보니 처음 보는
사람의 하숙집이었다. 그렇게 들어간 동아리에 사 년 동안
있었다. 잠시 역사연구회라는 곳에도 기웃거렸지만 금세
그만두었고 계속 대금을 불었다.

나처럼 한 동아리에 계속 머무는 사람도 있지만 최대한 많은
동아리를 탐색해보는 친구들도 있었다. 만약 나도 스무 살로
다시 돌아갈 수 있다면 그렇게 할 것 같다. 국악연구회는
좋은 동아리였지만 나에게 최선이었던 것 같지는 않다.
음감과 재능이 많이 부족했다.

가끔 교정에서 국악연구회를 떠난 친구들과 마주치곤 했다.

뻔한 대화들이 오갔다. 와, 오랜만이다. 어떻게 지내냐. 왜 요새 동아리방에 안 오냐? 내가 좀 바빴다. 아, 그랬구나. 다음주에 연습 있으니까 나와라. 알았다. 꼭 갈게. 그러나 오지 않는다. 보통 이런 패턴인데 한 친구는 좀 달랐다. 요즘 어떻게 지내냐, 학교는 잘 다니냐고 묻자 그 친구는 피식 웃었다. 왜 다들 동아리에서 나가면 무슨 우울증에라도 걸려 있는 줄 알지? 난 아주 잘 지내. 그 동아리를 떠났을 뿐.

내가 떠나버린 모임에 아직 남아 있는 이를 우연히 마주치면 죄책감부터 들었다. 왜인지는 모르겠다. 질문부터가 죄책감을 자극하는 경우가 많다. 요즘 왜 안 나오냐? 설명해야 할 의무도 없고, 무슨 계약을 맺은 것도 아닌데 일단 좀 찔린다. 조직을 배신한 혁명가가 된 기분이다. 하지만 어떤 모임과 멀어지는 것은 그냥 그 모임과 안 맞아서다. 막상 들어가보니 모임의 분위기, 주도하는 사람, 모임이 부과하는 의무들…… 이런 게 싫을 수 있다. 그래서 안 가는 것이고, 원래 인간이란 싫은 것을 하지 않으면 기분이 나빠지기는커녕 좋아진다. 그런데도 예전 모임 사람을 만나면 일단 좀 슬픈 표정을 지으며 변명을 하게 된다. 아, 그래, 나가봐야 되는데, 영 시간이 안 나네. 다른

사람들은 잘 있지? 안부 전해줘. 다음달이면 시간이 좀 날 것
같아. 그때 보자. 나도 모르게 이렇게 말하고 있었다.

아, 그 동아리? 너 아직도 거기 있니? 난 너무 지루했고,
그 누구더라, 회장 선배 좀 권위적이고, 다들 남 험담하기
좋아하는 분위기잖아? 다신 돌아가고 싶지 않아. 요새 다른
동아리 들었는데 거긴 정말 재밌어. 너도 그리로 와……라고
말할 수는 없지 않은가.

어쩌면 우리는 모임을 떠난 사람들이 불행하기를 내심
바라는지도 모른다. 자기는 어떻게든 버티며 남아 있는데
떠난 사람들이 행복하면 기분이 좋지 않을 것이다. 그래서
떠난 사람들은 남아 있는 사람들을 위해 애써 불행을
연기해주는 것인지도 모른다. 떠나는 사람들의 행복과
행운을 빌어주는 영화 장면이 늘 감동적인 것은 그게 쉽지
않아서일 것이다.

영화 〈시네마 천국〉에서 주인공 토토는 영사실에서
일하는 알프레도 할아버지와 친하다. 알프레도는 토토에게
매력적인 영화의 세계를 보여준다. 그러나 그곳은
시칠리아의 벽촌이다. 고향을 떠나지 않고서는 영화를 할 수
없다는 것을 청소년 토토는 알고 있다. 그런 그를 마지막까지

붙잡는 것은 알프레도와의 우정이다. 그러나 기차를 타고
로마로 떠나는 토토에게 알프레도는 분명히 말한다.
"돌아오지 마라. 절대 그리워하지도 마라. 편지를
쓰지도 마."
이런 사람은 드물다. 드물어서 감동적이다. 대부분은
떠나지도 말고, 떠나더라도 어서 돌아오라고 한다. 나도
살아오면서 많은 모임과 사람을 떠났다. 그러나 알프레도처럼
말해준 사람은 거의 없었다. 모두들 다시 생각해보라고
했다. 나가면 후회할 거라고 했다. 특히 대학교 4학년 여름에
ROTC 후보생을 때려치웠을 때가 그랬다. 여름이었고
한 달간의 전방입소교육을 며칠 앞둔 날이었다. 등을 땀으로
적시며 학교로 올라가다가 문득 전방에 가지 말아야겠다,
이 후보생 노릇을 그만둬야겠다고 생각했다. 한 학기만
더 하면 임관이었는데 그냥 하기 싫었다. 그래서 그날로
학군단에 가서 탈퇴하겠다고 말했다. 만약 지금 그만두면
졸업과 동시에 영장이 나와 사병으로 끌려갈 거라고
훈육관이 겁을 주었다. 동기들도 찾아와 말렸다. 나는 생각을
돌리지 않았고, 동기들은 나를 이해하지 못했다. 당연했다.
나도 스스로를 이해하지 못했으니까. 한 달은 금방 지났고

동기들은 그을린 얼굴로 교정으로 돌아왔다. 교정에서 마주칠 때마다 동기들은 나를 걱정해주었다. 잘 지내느냐고. 1학년 때의 그 친구 말이 떠올랐다. 떠난 사람은 루저가 아니라 그냥 떠난 사람일 뿐이다. 남아 있는 사람도 위너가 아니라 그냥 남아 있는 사람일 뿐이다. 1990년대 초에 나는 어떤 정치적 신념을 떠났고, 대학원을 떠났고, 종교를 떠났다. 당시의 내 마음을 대신 표현해주는 언어는 1993년에 만날 수 있었다. 그해를 대표하는 인물은 서태지이지만 내게는 김중식이었다. 내 주변의 모두가 그의 첫 시집 『황금빛 모서리』를 읽고 있었다. 특히 「이탈한 자가 문득」이라는 시가 화제였다. 1990년대 초반은 무엇인가로부터 '이탈한 자들'이 넘쳐날 때였다. 그래서 그런지 그 시는 곳곳에서 애송되었고 아예 외워버린 친구도 있었다.

나는 보았다 단 한 번 궤도를 이탈함으로써 두번 다시
궤도에 진입하지 못할지라도 / (……) / 포기한 자 그래서
이탈한 자가 문득 자유롭다는 것을*

* 김중식, 「이탈한 자가 문득」 부분(『황금빛 모서리』, 문학과지성사, 1993).

시인은 자기 운명의 예언 같은 이 시를 쓰고는 정말로
궤도를 이탈해버렸다. 절필한 것이다. 문단에서 사라졌다.
그렇게 잊어버리고 있었는데 무려 이십오 년이 지난
2018년에 두번째 시집『울지도 못했다』를 상재했다는 것을
이 글을 쓰다가 검색으로 알았다. 궤도를 이탈하고 나서의
삶이 내내 "문득 자유롭"지만은 않았던 것 같다. 출간
당시 언론 인터뷰에서 그는 "좋게 말해 방황이고, 인생을
낭비했다. 주변에 많은 사랑을 주지도 못했고, 사회에 딱히
기여한 것도 없다. 너무 많은 죄를 지어 내 고통에 대해선
울 면목도 없다는 의미가 될 수 있겠다"라고 말하고 있다.
시인은 자기 삶을 어떻게 회고할지 모르겠지만, 1993년의
그 시는 당시의 많은 이에게 위로의 언어를 부여해주었다.
새 시집을 펼치니, 그간 사막이 있는 더운 나라에서 긴
시간을 보내고 돌아온 시인은 '후회 없는 삶은 없고 덜
후회스러운 삶이 있을 뿐'이라고 적었다.

너무 많은 사랑이 단풍잎 같은 차창車窓처럼 달려가네,
보내고 싶지 않아서 길어진 기차, 뒷걸음치면서
붉그락노르락 손 떠는 나의 사랑아, 불타오르던 사랑이

당신 속을 태웠으니, 나는 피할 수 없는 세상 속으로 떠나고
그대는 길을 잃었네, 당신은 내가 사막을 건널 때 끝까지
간직한 한 줌 소금, 깨물어 오래오래 머금을수록 다디단
사랑, 후회 없는 삶은 없고 덜 후회스런 삶이 있을 뿐, 아무
말 하지 말라고 말하는 당신, 안녕*

가끔씩 떠올리는 어린 시절의 장면이 하나 있다. 교무실에
선생님 심부름을 다녀오는 길이었고 아마 국민학교 5학년
때쯤이었던 것 같다. 교실 앞 복도에는 뭘 잘못했는지
아이들이 무릎을 꿇고 양손을 든 채 벌을 서고 있었다.
그런데도 뭐가 즐거운지 자기들끼리 팔꿈치로 쿡쿡
찌르며 키득거렸다. 선생님이 밖으로 나와 "이 자식들이 뭘
잘했다고 시시덕거려? 손 똑바로 안 들어?"라고 혼을 내며
하나씩 꿀밤을 먹였다. 아이들은 짐짓 엄숙한 얼굴로 꿀밤을
견뎠지만 웃음을 참고 있는 기색이 역력했다. 나는 뒷문을
열고 교실로 들어가 내 자리에 앉았다. 교실 안에는 멍한
얼굴로 무기력하게 앉아 있는 착한 아이들이 있었다. 활력이

---

*   김중식, 「기차」 전문(『울지도 못했다』, 문학과지성사, 2018).

넘치고 신나 보이는 애들은 오히려 밖에서 벌을 서는 아이들 쪽이었다. 그들은 교실 안의 우리를 전혀 부러워하는 것 같지 않았다.

학부를 마치고 대학원으로 진학한 것은 내 주변의 모두에게 의외였고 누군가에게는 궤도의 이탈로도 보였을 것이다. 무슨 학업에 뜻이 있거나 교수가 되고 싶어서가 아니라 그저 군대를 가지 않아보려는 것이었다. 순진하게도 나는 남북 간에 평화 기조가 무르익고 군축 회담이 획기적으로 진전되면 육십만에 달하는 대한민국의 군병력이 십만으로 줄어들 것이고, 그럼 군에 가지 않게 될 것이라 믿었다. 실제로 그 무렵에 그런 공약을 내건 정치가도 있었다. 이십대 초반은 그런 것을 잘 믿는 나이다. 역사적으로 여러 나라에서 중장년이 아니라 이십대로 돌격대 비슷한 걸 구성했던 이유가 있다.

대학원 시절은 지방에서 올라온 운동권들과 자주 어울리던 학부 때와는 많이 달랐다. 유복한 서울 출신들이 많았다. 나는 시골에서 태어났고 서울에는 국민학교 6학년 때 올라왔기 때문에 서울 아이들의 '교양'에 조금 주눅이 들어 있었다. 형이나 누나가 없던 것도 불리했다. 그런 아이들은 손위 형제들을 통해 또래보다 더 빨리 비틀스를 알았고, 레드 제플린을 들었고, 귀동냥으로 들은 하드록의 계보를 줄줄 외웠다. 중학교 때 친구는 사이먼 앤드 가펑클의 LP를 들고 있었다. 형이 생일 선물로 사주었다는 것이다. 그런 게 가능하려면 일단 형이 있어야 하고, 형이 사이먼 앤드 가펑클을 알아야 하고, 동생에게 그 음반을 사주면 동생이 기뻐하리라는 것을 알아야 하고, 형제간에 우애가 있어야 하고, 평소 가족끼리 저런 것을 선물하는 문화가 있어야 하고 무엇보다 집에 그 음반을 재생할 수 있는 기기가 있어야 했다. 나는 그중 단 한 가지도 가지지 못했기 때문에 그 친구가 참 부러웠다.

우리집에도 전축이 생길 뻔한 적이 있었다. 국민학교 5학년 때 아버지 부대에 위문품으로 태광 전축이 들어왔던 것이다. 관사로 가져온 전축의 턴테이블 위에 아버지는 베트남에서 돌아올 때 사 왔던 재즈 음반들을 올려놓고 우리에게 그 소리를 들려주었다. 늘 꽂혀 있기만 했던 그 음반들은 장식품이 아니라 진짜였고 전축 바늘이 음반의 홈에 닿자 빙 크로즈비나 엘라 피츠제럴드의 노래가 흘러나왔다.

"월남에서 돌아올 때 휴대용 전축을 샀거든. 007가방처럼 생긴 건데……"

흥미를 보이는 우리 형제에게 아버지는 찬물을 끼얹었었다.

"버렸다."

"왜요?"

"남들은 응접실에다 비싼 전축 갖다놓고 듣는데, 이게 뭔가
싶어서 버렸다."

그래도 우리 형제는 위문품으로 들어온 그 전축은 가질 수
있을 거라는 희망이 있었다. 그러나 아버지는 그 희망도
저버렸다. 사흘 동안 전축을 틀어본 아버지가 부대 방송실로
보내버렸던 것이다.

"우리가 들으면 안 돼요?"

"안 돼. 이건 장병들한테 들어온 위문품이야."

우리 형제가 전축이라는 첨단 문물을 소유하려면
그로부터 십 년이 더 지나야 했다. 그때까지 우리 형제는
카세트테이프와 FM 라디오로 동년배들의 음악적 교양을
따라잡아야 했다. 우리집에 비로소 전축이 들어온 것은
내가 대학에 들어가서였던 것 같은데, 그때는 아버지가
베트남에서 가져온 재즈 음반들이 사촌누나가 신촌에
차린 재즈 카페로 가버린 후였고 대학생이 된 나도 집에

거의 있지 않을 때였다. 아는 노래라고는 "어쩌다 생각이
나겠지. 냉정한 사람이지만……"으로 시작하는 패티김의
〈이별〉밖에 모르는 아버지에게 왜 그런 재즈사에 길이
남을 명반들이 있었는지는 내가 삼십대가 되어 재즈에
본격적으로 관심을 가지게 된 뒤에야 알게 되었다. 나는
도대체 비닐 포장을 뜯지도 않은 그 많은 음반들은 왜
사가지고 온 거냐고 물었다. 베트남전쟁 막바지, 귀국
준비를 하던 아버지는 평소 친하게 지내던 미군에게 어떤
음반을 사면 좋으냐고 물었고, 하필 재즈광이었던 그 병사는
아버지를 PX에 데리고 가서 자기가 좋아하는 재즈 음반들을
잔뜩 찍어주었던 것이다.

석사과정 내내 나는 한 교수의 연구실에서 조교로 일했다.
교수가 자리를 비울 때면 다른 방에 있는 동기들을 찾아가서
이런저런 잡담을 나누곤 했다. 매우 더웠던 것으로 보아
아마 여름방학 기간이었던 것 같다. 다른 연구실의 동기를
찾아갔는데 오페라 아리아가 흘러나오고 있었다. 교수가
부재중인 틈을 타 동기가 전축을 틀어놓았던 것이다.
스윙도어를 열고 들어오는 나를 보고 동기는 미소를 지으며
이렇게 말했다.

"응, 잠깐만, 이 곡만 듣고……"

나는 딱딱한 나무의자에 앉아 아리아를 들었다. 애절하게
절정을 향해 달려가던 이중창은 열린 창문으로 들어온
요란한 매미 소리와 뒤섞였다. 곡이 끝나자 동기는
턴테이블의 바늘을 들어올리고 지문이 남지 않도록 음반을
양손으로 조심스럽게 집어올린 뒤 재킷에 밀어넣었다. 얼핏
본 재킷에는 〈라 보엠〉이라고 적혀 있었다.

"이 곡 참 좋지 않니?"

그의 질문에 나는 고개를 끄덕여 동의를 표했지만 재킷을
보기 전까지는 무슨 오페라의 무슨 아리아인지 전혀 모르는
상태였다. 아니, 오페라를 이렇게 음반으로 들을 수 있다는
것도 몰랐다. 공연장에 가서 봐야 하는 건 줄만 알았다.
그때 나는 그 동기가 참 '교양이 있다'고 생각했다. 그런
음악을 잘 알아서뿐 아니라, 음악 감상을 방해하며 연구실로
들어간 나에게 한 행동도 품위가 있었다. 무례하다거나 나를
무시한다는 느낌이 들지 않았다. 나도 어서 그런 사람이 되고
싶었다.

어렸을 때 나의 꿈은 어떤 직업이 아니었다. 나는 두 가지의
'상태'에 이르고 싶었다. 유능과 교양. 무엇이든 잘해내는

사람이 되고 싶었고, 교양이 있는 사람이 되고 싶었다.

그중에서 유능은 정의하기 쉬웠다. 그냥 잘하면 된다. 못도
잘 박고, 운전도 잘하고, 컴퓨터도 잘 다루고 그러면 유능한
사람이 되는 것이다. 그래서 틈이 날 때마다 뭔가를 배웠다.
유능한 사람이 되면 가족에게도 보탬이 될 것이고 사회도
나를 필요로 할 것이다. 그렇게 생각했다. 물론 유능한
인간이 된다는 것은 그렇게 단순하지 않고, 막상 유능한
인간이 되어도 꼭 좋기만 한 게 아니라는 것은 아주 오랜
시간이 지나서야 알게 되었지만 어쨌든 그때는 그랬다.

'교양인'이 되는 것은 유능한 인간이 되는 것보다 훨씬
복잡하고 어려워 보였다. 그리고 실제로 그랬다. 우선은
공부와 경험이 필요한 것 같았다. 유명한 오페라의 음반부터
듣기 시작했다. 인터넷이 없던 시절, 음반에 끼워진 부클릿은
소중한 자료였다. 꼼꼼하게 읽고 거듭하여 들었다. 미술도
알아야 할 것 같았지만 실물을 볼 기회는 거의 없었으므로
곰브리치의 『서양미술사』 같은 책들을 통독했다. 그리고
기회가 올 때마다 유럽으로 배낭여행을 떠나 미술관들을
돌아다녔다. 책에서 본 미술사의 중요한 작품들을 눈으로
'확인'하는 여정이었다. 어렵게만 여기고 도전하지 않던

'세계 명작'들도 읽기 시작했고 세계 영화사도 공부했다.
그러나 영화사 책에 언급된 영화, 예를 들어 〈전함
포템킨〉이나 〈시민 케인〉 같은 영화를 볼 방법은 없었으므로
그냥 줄거리만 읽고 상상해야 했다.

퍼트리샤 하이스미스의 『재능 있는 리플리』(이 소설은 알랭
들롱 주연의 〈태양은 가득히〉로 영화화되면서 유명해졌다)의
주인공 리플리는 하찮은 사기꾼인데, 우연히 이탈리아에
있는 미국 백만장자의 아들 디키를 찾아 집으로 데려오는
일을 맡게 된다. 리플리는 디키와 우연을 가장해 마주친
뒤 친해진다. 그리고 함께 지중해 휴양지의 생활을 즐긴다.
예술가가 되고자 하나 그럴 재능은 없는 디키, 그러나
그에게는 어려서부터 자연스럽게 익힌 부잣집 도련님의
태도와 라이프스타일, 그리고 교양이 있다. 리플리는
디키를 흉내내기 시작하다가 종국에는 아예 그의 모든 것을
빼앗으려 한다.

F. 스콧 피츠제럴드의 『위대한 개츠비』의 제이 개츠비는
옥스퍼드대학교를 다닌('나온' 것이 아니다) 신흥
부자('뉴머니')이지만 '올드머니' 톰 뷰캐넌은 개츠비의 '핑크
정장'을 비웃고, 이것은 그가 정말로 옥스퍼드를 다녔는지에

대한 의심으로도 이어진다.

"옥스퍼드 좋아하시네!" 믿을 수 없다는 얼굴로 그가 말했다.

"퍽이나 그렇겠다. 핑크 정장을 입는 녀석이……"

"그래도 옥스퍼드 나온 것은 분명해요."

"뉴멕시코의 옥스퍼드겠지." 톰이 경멸하듯 코웃음을 쳤다.

"아니면 그 비슷한 어디든지."*

개츠비가 옥스퍼드를 다닌 것이 거짓말은 아니었다.
중서부의 가난한 집에서 태어났지만 1차세계대전 참전
장교에 대한 특혜로 다섯 달 정도를 수학할 수 있었던
것이다. 그가 부자들의 삶을 최선을 다해 흉내낸 것은
속물이어서가 아니라 '올드머니' 데이지를 사랑했고 자신이
충분히 부유하고 교양이 있어야 당당하게 데이지를 데려올
수 있다고 믿었기 때문이었다.
이런 이야기들은 흔하다. 작품 속 인물들은 더 나은 사람이
되고 싶어하고, 사회적 지위가 높은 이들의 사회에 속하고

*   F. 스콧 피츠제럴드, 『위대한 개츠비』, 김영하 옮김, 문학동네, 2009, 159쪽.

싫어한다. 교양은 그 세계로 들어갈 수 있는 입장권처럼
보인다. 그런데 입장권은 갖기 어렵다. 잘 태어나야 하고,
그러지 못했다면 오랜 노력과 투자가 필요하다. 때론 굴욕도
견뎌야 한다. 교양인들의 사회는 배타적이다. 그래서 그들은
지름길을 택한다. 리플리처럼 뛰어난 연기력만 있다면
교양은 비슷하게 흉내낼 수 있다. 그러나 교양인의 사회에는
의외로 익혀야 할 규칙이 많고 그 적용도 섬세함과 유연함을
필요로 한다. 오래 계속하다가는 탄로가 난다. 그들은
이카로스처럼 추락한다. 이야기의 세계에서 '핑크 정장을
입는 녀석', 하층계급 출신의 욕망은 처벌을 받는다. 유럽은
신분제가 강고한 사회였고 지금까지도 그 잔재가 남아
있다. 『위대한 개츠비』의 배경이 된 1920년대의 미국 역시
그랬다고 한다. 할리우드는 신분 상승 욕망을 경계하면서
동시에 대중에게 아첨했다. 부자, 지체 높은 이가 햄버거와
코카콜라를 맛있게 먹거나 오토바이 뒷자리에 타고
행복해하는 장면들을 보여주었다. 가난한 삶에도 만족할 수
있고 만족해야 한다는 메시지였다.

나는 결국 대학원이라는 강고한 신분제 세계에 녹아들지
못했다. 교수라는 봉건영주 밑에서 오랜 세월 봉사하며

미래를 도모하는 삶은 맞지 않았다. 거기에서 나는 일종의 '핑크 정장을 입는 녀석'으로 별종이었다. 3학기부터는 수업도 거의 들어가지 않았다. 다시 궤도를 이탈했고, 본격적으로 글을 쓰기 시작했다. 이후 몇 년 지나지 않아 정식으로 등단도 했고 괜찮은 출판사에서 책이 나왔고 문학상도 받았다. 내가 한때 교양의 준거로 여겼던 나라들에서 내 책들이 출간되었다. 어떤 곳에서는 내 소설을 읽는 것이 교양의 척도이기도 한 것 같았다. 교양인이 되려고 소설을 쓴 것은 아니었는데, 결과적으로 누구도 내가 교양인인지를 의심하지 않게 되었다. 〈라 보엠〉이 흘러나오는 동기의 연구실 문을 밀고 들어간 때로부터 나도 모르게 멀리 흘러온 것이다. 그러나 내 마음 깊은 곳에는 다른 목소리가 있다.

퍼트리샤 하이스미스의 소설은 최근에 넷플릭스에서 '리플리'라는 제목의 시리즈로 다시 각색되었다. 알랭 들롱이나 맷 데이먼과는 다른 풍모의, 다소 나이가 든 것 같은 주인공 때문에 처음에는 몰입이 잘 되지 않았지만 곧 빠져들어 마지막 회까지 다 보고 말았다. 돌아보면 나는 언제나 이런 유의 이야기에 끌리곤 했다. 스탕달의 『적과

흑』이 그랬고 『위대한 개츠비』가 그랬다. 신분을 속이거나 없는 교양을 꾸며내어서라도 더 높은 사회적 존중을 얻으려는 인물들의 이야기. 이런 이야기들은 여전히 내 마음속 깊은 곳의 어떤 불안을 건드린다. 그 목소리는 이렇게 속삭인다. 너는 교양인의 흉내를 잘도 내고 있구나. 다른 사람은 다 속여도 나는 못 속이지. 너는 아직 충분하지 않아. 너는 우리와 어울리지 않아.

그런 소리가 들려올 때마다 나는 여지없이 그 동기의 연구실로 소환된다. 모르는 성악가가 모르는 언어로 모르는 노래를 부르는 그 방의 딱딱한 나무의자에 앉아 교양인의 관용과 너그러운 미소를 바라고 있다. 내가 어딘가 잘못된 곳에 와 있고, 여기가 아닌 다른 어딘가로 다시 '이탈'해야만 할 것 같은 이 익숙한 충동은 여전히 내 안에 있다.

사공이 없는
나룻배가
닿는 곳

대체로 젊을 때는 확실한 게 거의 없어서 힘들고, 늙어서는
확실한 것밖에 없어서 괴롭다. 확실한 게 거의 없는데도
젊은이는 제한된 선택지 안에서, 자기 자신에 대해서조차
잘 모르는 채로 인생의 중요한 결정들을 내려야만 한다.
무한대에 가까운 가능성이 오히려 판단을 어렵게 하는데,
이렇게 내려진 결정들이 모여 확실성만 남아 있는, 더는
아무것도 바꿀 게 없는 미래가 된다. 청춘의 불안은 여기에서
비롯된다.

나라와 언어를 막론하고 독자들이 작가에게 자주 묻는
질문이 있다. '언제 작가가 되기로 결심했느냐'이고 나도
많이 받았다. 물론 나는 어려서부터 소설 읽기를 좋아했다.

중학교 2학년 때는 오 헨리풍의, 정말 중학생다운 유치한
단편을 쓰기도 했다. 그러나 작가가 되어 이렇게 오래
살아갈 줄은 몰랐다. 독자들은 왜 그런 질문을 하는 것일까?
청소년기에, 또는 이십대에 어떤 선택을 하고, 그 결정에
따라 준비를 하며, 철저한 준비의 결과로 지금의 '나'가
되었다고 생각하는 것 같다. 사실 어렸을 때 나는 기자도
되고 싶었고, 여행가도 되고 싶었고, 혁명가도 되고 싶었다.
그런데 결국 소설가가 되었다. 대학원 시절에 오직 글로만
소통하는 PC통신이라는 것이 나타났는데 그곳에서의
소통은 주로 '채팅방'과 '게시판'이라는 장에서 이루어졌다.
채팅은 구어에 가깝지만 게시판은 문어적 공간이어서
자연스럽게 이런저런 글을 많이 쓰게 되었고, 사용자들이
내 글을 좋아한다는 것을 알게 되었다. 창작 게시판에
모여드는 이들 중에는 작가가 되기를 소망하는 이들이
많아서 소설 비슷한 글들이 자주 올라왔다. 그래서 나도
소설을 써보기 시작했다. 시작은 어려워 보이지 않았다.
시간은 넘쳤고, 내게는 컴퓨터가 있었다. 기자가 되려면 입사
시험도 치러야 하고, 혁명가가 되려면 이런저런 무시무시한
작당과 실행을 해야 하지만, 소설가는 앉아서 타이핑만 하면

되는 것이었다.

얼마 후 나는 작가가 되었다. 그리고 역시나 '언제 작가가 되기로 결심했느냐'는 질문을 많이 받게 되었다. 그 무렵에는 무라카미 하루키가 메이지진구 야구장에서 맥주를 마시다가 작가가 돼야겠다고 결심했다는 말이 회자되고 있었다. 내게 그런 멋진 계기 같은 건 없었다. 그냥 PC통신 게시판에 글을 올리다가, 이럴 바에는 제대로 해보는 게 어떨까 싶어 문예지도 읽고 신춘문예에 소설도 보내다가 덜컥 등단을 한 것이고, 이후로는 큰일났다 싶어 부지런히 썼을 뿐이었다. 어떤 선배 작가나 선생님이 "너 정도면 충분히 작가가 될 수 있으니 열심히 써보라"고 한 적도 없고, 야구장에서 맥주를 마셔본 적도 없었다. 내가 그랬기 때문에, 나는 작가든 누구든 성공한 뒤에 이런 질문을 받게 되면 조금씩 자기 과거를 편집하거나 윤색할 거라고 은밀히 믿고 있다. 그렇게 말하고 다니다보면 자기 자신이 먼저 믿게 된다. 지금 하고 있는 이 일과 그 성공이 아주 어렸을 때부터 운명처럼 이미 준비되어 있었던 것처럼.

그 누구도 미래를 알 수 없다. 미래는 불확실의 영역이다(오직 죽음만이 확실한 미래다). 이런 불확실성은 당연히 불안을 야기한다. 불안이 극에 달하면 아무것도 할 수 없을 것이고 너무 없다면 위험할 것이다. 그래서 대부분의 사람들은 적당한 불안을 감수하며 하루하루를 살아간다. 대신 점쟁이도 찾아가고, 타로 점도 쳐보며 자기가 앞으로 뭐가 되겠냐고 묻는다. 그걸 믿느냐고 물으면 그들은, 꼭 믿어서라기보다······라고 말을 흐린다.

예전에 가까운 사람이 물건 하나를 잘못 사고 괴로워하는 것을 보았다. 정말 별것 아닌 싼 물건이었다. 형편이 어려운 이도 아니었다. 그런데 왜 그러냐고 물었더니 그의 대답은 이랬다. "그래, 이건 별게 아니지. 하지만 이걸로 끝이 아니잖아? 이런 물건 하나 제대로 사지 못하는 내가 다른 일은 잘할 수 있을까? 다른 일도 망치겠지. 그럼 그 일이 또다른 일에 영향을 미치겠지. 이런 식으로 결국 내 인생은 뭐 하나 제대로 하는 것도 없이 끝나고 말 거라고." 이렇게 생각하는 사람에게는 그 어떤 작은 선택도 인생 전체를 좌우하는 중차대한 과제가 되고 불안은 심화된다.

삼십대에 잠깐 대학에서 학생들을 가르쳤다. 『검은 꽃』을 발표한 직후였고 『빛의 제국』을 쓰고 있을 때였으니 아직은 '젊은' 작가였지만 문학계에서 입지를 굳혀가는 상태였다.

수업에는 글쓰기를 전공하지 않는 학생들도 들어왔다. 과제도 열심히 제출했고 글도 전공자들 못지않게, 아니 더 잘 쓰는 경우도 있었다. 그들 중 꽤 여럿이 교수실로 찾아와 같은 질문을 던졌다.

"제가 작가가 될 수 있을까요?"

그럴 때면 나는 그런 질문을 하는 이유를 물었다. 작가가 되고 싶으면 계속 쓰면 되고, 되고 싶지 않으면 안 쓰면 되지 않나 생각했기 때문이다.

"선생님께서 가능성이 있다고 하시면 한번 열심히 해보려고요."

그 학생들은 '하고 싶음'이 아니라 '할 수 있음'에 더 관심이 많았다. '하면 된다'가 아니라 '되면 한다'의 마음. 나는 누구에게도 답을 주지 않았다. 답을 몰랐고, 알아도 줄 수 없었다.

만약 내게 신비한 능력이 있어 미래를 다녀올 수 있다면 어땠을까? 나는 십 년 후로 시간여행을 해 그 학생의 미래를 본다. 그는 두 권의 책을 낸 소설가가 되어 카페에서 머리를 쥐어뜯으며 글을 쓰고 있다. 나는 기쁜 마음으로 돌아와 교수실에 있는 학생에게 자신 있게 말해준다.

"넌 작가가 될 거야. 틀림없어."

이런 말은 어떤 영향을 주게 될까? 그는 미래에 대한 강한 확신으로 더 열심히 글을 써 유명한 작가가 될까? 아니면 이미 작가가 다 된 것 같은 기분에 사로잡혀 대충대충 살다가 끝내 다른 일을 하게 될까? 알 수 없다. 미래를 보고 온 내가 현재의 사건에 영향을 주면 다른 미래가 그 지점에서 시작될 것이다. 미래를 보고 오지는 않았지만, 그때 어느 쪽이든 '가능성'에 대해 언급하게 되면 나는 다른 사람의 한 번뿐인 인생을 좌우하는 사람이 될 수 있었고 그런 사람은 결코 되고 싶지 않았다.

시간이 흘렀고 드디어 그들이 그때 그토록 궁금해하던 미래가 되었다. 그때 '가능성' 판별을 부탁했던 학생들 중에 작가가 된 사람은 아직 없는 것 같다. "너의 가능성에 대해서 나는 아무 말도 해줄 수 없어. 나는 원래 그런 말을 해주지 않아"라는 나의 말이 그들의 의지를 꺾은 걸까? 그들은 그 말을 '가능성 없음'의 완곡한 표현으로 받아들였던 걸까? 알 수 없다. 가르쳤던 학생들 중 몇몇은 작가가 되었는데 그중에 내게 가능성 같은 것을 물으러 온 사람은 하나도 없었다. 그들은 묻지 않고 그냥 썼다. 그들은 자기 미래가

궁금하지 않았을까? 많이 궁금했을 것이다. 그렇지만 쓰는
게 좋고 작가가 되지 않아도 어쩔 수 없다고 생각했으니
계속 썼을 테고, 쓰다보니 작가도 되었을 것이다. 그들도
지금은 나처럼 "언제 작가가 될 거라고 생각하셨나요?"라는
질문을 받고 있을 것이다.

사공 없는 나룻배가 기슭에 닿듯 살다보면 도달하게 되는
어딘가. 그게 미래였다. 그리고 그것은 아무것도 하지 않아도
저절로 온다. 먼 미래에 도달하면 모두가 하는 일이 있다.
결말에 맞춰 과거의 서사를 다시 쓰는 것이다.

무용의 용

삼십대 중반에 나는 이 년 정도 라디오 책 소개 프로그램의
진행을 맡았다. 생방송이어서 매일 방송국에 출근했고 여러
분야의 저자들을 만날 수 있었다. 메인 프로듀서는 도수
높은 안경을 쓴 마산 출신의 사십대 남자로, 먹이를 찾아
어슬렁어슬렁 마을로 내려온 곰 같은 인상을 풍겼다.
늘 미소를 잃지 않았으나 승부욕이 강하고 집요했다. 라디오
진행이라니 말도 안 된다며 손사래를 치는 소설가들을 여럿
붙잡아 진행을 맡겼고, 출연하지 않겠다는 저자가 있으면
어떻게든 설득해 방송국까지 오게 만들었다.
여름이 되자 그는 통영으로 프로그램 MT를 가자고 했다.
좀 멀다는 생각은 들었지만 진행자인 내가 안 갈 수는 없어

가겠다고 했고, 고정 패널, 보조 프로듀서와 방송작가까지
거의 전원이 참여했다. 이른 아침에 울긋불긋한 옷을 입고
방송국에 모인 우리는 그래도 여행은 여행이라 다들 조금
들떠 있었고, 방송국 마크가 찍힌 두 대의 검은 승합차에
나눠 타 통영을 향해 출발했다. 출발 전 곰 프로듀서는
2열의 의자를 뒤로 돌려 3열과 마주보도록 만들었다. 차가
경부고속도로에 올라서자 그는 나에게 포커를 할 줄 아냐고
물었다. 고등학교 때 친구들과 해본 적이 있다고 하니
가는 동안 재미삼아 치자면서 카메라 박스를 가운데 놓아
테이블처럼 만들더니 그 위에 트럼프 카드를 올려놓았다.
제작진들은 이런 일이 처음이 아닌지 주섬주섬 자세를 잡고
포커를 칠 준비를 했다. 돈을 걸고 하는 것은 아니었다.
곰 피디는 준비해 온 바둑알을 모두에게 분배해주었다.
갑자기 무슨 도박인가 싶어 몸을 움츠렸던 나와 다른
출연자들도 바둑알을 보고는 긴장을 풀었다.
포커는 통영에 도착할 때까지 계속되었는데 곰 피디의
원맨쇼였다. "아, 스페이드 킹은 영하씨가 들고 있구나."
그는 다른 사람이 들고 있는 패를 투시하듯 다 알았고, 판에
깔린 바둑알을 모두 거둬들였다가 나눠주기를 반복했다.

자기 주머니에 넣었다 빼는 것과 다를 바 없었다. 좁은
승합차 안에서 불편한 자세로 끝없이 계속되는 포커에 다들
조금씩 지쳐갔지만 그의 눈만은 반짝였다. 그는 우리에게
포커가 얼마나 재미있는 세계인지를 알려주고 싶어했다.
그에게 포커는 과학이면서 심리학이고, 인생 학교였다.
그러고 보니 그는 평소 오목도 잘했다. 오목을 애들
장난쯤으로 비웃는 사람들을 만나면 바로 가방에서 휴대용
바둑판과 자석 바둑알을 꺼내 한 판 둬보자고 을렀고, 됐다
하면 이겼다. 방송국 휴게실에서도 그는 틈만 나면 몸을
웅크리고 오목을 두었는데 그를 꺾었다는 사람을 못 봤다.
오목에도 바둑처럼 15급부터 9단까지 급수가 있다는 것
역시 그를 통해 처음 알았다.
승합차 안에서 그는 포커의 '과학'에 대해 열심히
설명했지만 나는 거의 이해하지 못했고, 사실 이해하고
싶지도 않았다. 들어보니 포커라는 게 치밀한 계산이 필요한
것 같았는데 차가 흔들려 자꾸 멀미 기운도 올라오고 해서
나의 뇌는 생각을 거부했다. 그래도 운이 좋으면 한 판이라도
이기겠지 싶어 터무니없는 블러핑도 해보고, 이리저리
머리를 굴려보았으나 전혀 먹히지 않았다.

포커는 승합차가 지리산 어딘가의 휴게소로 들어서면서
끝났다. 함께 화장실로 걸어가면서 나는 그에게 도대체
어떻게 이 정도로 포커 실력을 키웠냐고 물어보았다. 그는
독학이라고 답했다. 오목처럼 포커도 하나의 기술이며
그래서 열심히 연습하면 잘할 수 있다고 생각했다는 것이다.
그러면서 진담인지 농담인지 모호한 표정으로, 용돈이 좀
필요하면 포커를 하러 가고, 적당히 따면 큰 욕심 부리지
않고 물러난다고도 했다.

"영하씨, 포커에서 제일 중요한 거 하나 알려줄까요?"

그러지 않아도 나는 원래 누구에게든 이런 질문을 잘 던지는
편이다. 예를 들어 바리스타를 만나면 커피에서 제일 중요한
게 뭔가요, 라고 묻고, 건축가를 만나면 집을 지을 때 가장
중요한 것은 뭐예요, 라고 묻는다. 로스팅을 하는 바리스타는
무엇보다 생두의 품질이라고 말했고, 건축가는 물과의
싸움이라고 했다. 그가 포커에서 제일 중요한 것 하나를
스스로 알려준다니 비록 포커를 계속할 것은 아니었지만
솔깃했다.

"뭔데요?"

"잘 모르겠는 판에는 함부로 끼지 마세요."

"왜요?"

"나보다 고수가 있을 수 있거든. 처음 보는 사람이 앉아 있는
포커판에 어쩌다 끼게 되면 나도 그냥 학교만 가요. 절대
크게 걸지 않아요."

기본 판돈만 걸고 포기한다는 뜻이었다.

"운이 좋으면 고수를 이길 수도 있잖아요? '초심자의 운',
그런 것도 있고."

그는 단호하게 고개를 저었다.

"아니, 없어요. 장기전으로 가면 절대 못 이겨요."

통영까지 가는 내내 판판이 깨진 터라 그의 장담이 허투루
들리지 않았다.

"먼저 그 판에 나보다 고수가 있는지를 살피고, 없다 싶으면
그때부터 제대로 게임을 해요. 그래야 살아남을 수 있어요."

나는 이런 게임을 이렇게 진지하게 하는 사람은 처음 접했고,
그래서인지 그의 말은 어딘가 무시무시하게 들렸다.

"아, 그리고 하나 더."

내가 열심히 들어주자 그는 자기만의 비밀을 보너스로 하나
더 알려주었다.

"포커판에서는,"

그는 발걸음을 멈추었다.

"1등이 아니라 2등을 해야 돼요."

"왜요? 1등이 제일 많이 벌잖아요? 영화 같은 데 보면
한 사람이 싹 다 쓸어가던데요?"

"그거야 영화니까 그런 거고, 1등 크게 한 번 하는 것보다
꾸준히 2등을 하는 게 최선이에요. 2등은 사람들 눈에 잘
띄지도 않고, 개평 달라고 보채는 사람도 없고……"

1995년에 삼성그룹은 "2등은 아무도 기억하지
않습니다"라는 유명한 카피를 유행시킨 시리즈 광고를
내놓았다. 달에 처음으로 발을 디딘 닐 암스트롱이나
최초로 대서양을 횡단한 찰스 린드버그 등을 내세워 오직
세계 일류만이 살아남는다고 강조했다. 그러나 2002년의
곰 피디는 삼성그룹의 슬로건에 맞서 '아무도 기억하지
않'는 2등이 최고라고 말하고 있었다. 이후 1등으로
잘나가던 이들이 법적으로 또는 정치적으로 시련을
겪고 이카로스처럼 추락할 때마다 나는 지리산 어귀의
휴게소에서 2등이 최고라고 말하던 프로듀서를 떠올리곤
했다. 그리고 남들 눈에 띄지 않은 채 조용히 실속을 챙기는,
최선을 다해 2등을 하고 있을 얼굴 없는 고수들에 대해

생각했다. 그후로 사람을 보는 관점도 조금 바뀌었다.

사람들이 모인 곳에는 크고 우람한 나무처럼 도드라지는 이가 있다. 그런 사람은 그늘도 크다. 그 그늘 속에 존재감 없이 묵묵히 앉아 있는 이도 있다. 그런 사람들이 보이기 시작했다.

2등 지향의 곰 프로듀서보다 더 멀리 가면 아예 쓸모 자체가 없어야 좋다는, 이른바 '무용無用의 용用'을 주창하는 장자莊子가 있다. 장자는 쓸모 있는 나무는 그 쓸모 때문에 일찍 벌목되므로, 쓸모가 오히려 제 몸에 해를 입힌다고 말했다. 가지가 무성한 나무를 자르지 않은 나무꾼에 대한 이야기도 있다. 잘라봐야 아무 소용이 없는 나무라 자르지 않았다는 나무꾼의 말에 장자는, 이 나무는 쓸모가 없어 천수를 다할 수 있었다고 제자에게 설명하기도 한다.

강한 자가 살아남는 것도 아니고 살아남은 자가 강한 것도 아니다. 살아남은 자는 그냥 살아남은 자이고, 그 이유와 방법도 어쩌면 자신만 알거나 아니면 자기도 모를 것이다. 우리는 많은 사람과 어울려 살아가지만 그들이 인생이라는 게임을 어떻게 풀어나가고 있는지, 어떻게 살아남아 여기까지 와 있는지 속속들이 알 도리가 없다. 일부러 2등에 머물거나, 확고한 신념으로 '잘라봐야 아무 소용이 없는 나무'로 존재하는 이들이 내 주변 어딘가에 숨어 있을지 모른다는 것에 대하여 지금도 가끔 생각한다.

나의 이십대는 "물론 나는 알고 있다. 오직 운이 좋았던 덕택에"로 시작하는 베르톨트 브레히트의 「살아남은 자의 슬픔」을 외우는 이들과 함께였다. 그 시는 이렇게 끝난다. "그러나 지난밤 꿈속에서/이 친구들이 나에 대하여 이야기하는 소리가 들려왔다/'강한 자는 살아남는다'/ 그러자 나는 자신이 미워졌다". 살아남은 자들이 부끄러워하던 시대는 가고 , 곧 1등이든 2등이든 무조건 살아남는 것이 최선이라는 시대가 왔다. 지금은 너를 떨어뜨리지 않으면 내가 죽는다는, 오직 단 한 명만이 살아남는다는 '오징어 게임', 서바이벌 게임의 세계관이 스크린을 지배하는 세상이 되었다. 그러나 나는 은밀히 믿고 있다. 액정화면 밖 진짜 세상은 다르다고. 거기에는 조용히, 그러나 치열하게, 자기만의 방식으로 살아남아 어떻게든 삶의 의미를 찾기 위해 싸우는 이들이 있다는 것을.

인생의 그래프

고등학교 3학년 때는 밤늦게까지 학교 도서관에 남아
공부를 했다. 집에 가려 교사를 나서면 아직 충분히
어둡지는 않아 별들은 잘 보이지 않았다. 다만 저층 아파트
단지 위로 밝게 빛나는, 별인지 행성인지 인공위성인지
알 수 없는, 붉은 기가 도는 천체가 하나 있었다. 매일
밤 보다보니 그 천체의 위치가 조금씩 변하고 있었다.
짚어보니 그 궤적이 뒤집어놓은 Z 모양을 그리는 것 같았다.
지금이라면 스마트폰으로 찍어 금세 확인할 수 있었을 그
천체는 화성이었던 것 같고, 화성의 그런 이상한 궤적을
역행운동이라고 한다는 것은 나중에야 알았다. 이름도
모르면서도 나는 집으로 돌아가는 길에 그 붉은 천체를

찾아보는 것이 좋았다. 나에게 힘든 하루가 끝났음을
상징하던 화성은 날마다 자신의 위치를 조금씩 바꿈으로써
아무리 비슷할지라도 오늘은 어제와 분명히 다른 하루이며,
내일은 또 오늘과 다른 하루가 될 것임을 말해주었다. 이렇게
하루가 가고 또 하루가 가면 이 지겨운 시기도 지나겠지.
그때는 고3이 인생에서 가장 힘든 시기인 줄 알았다.
내가 대학에 들어가던 1986년, 우리나라의 대학 진학률은
22.3퍼센트였다. 고등학교를 졸업한 백 명 중 스물두 명만
대학에 갔다. 2년제까지 합친 수치다. 나는 그 운좋은 스물두
명 중의 하나였다. 군문을 떠난 아버지는 다행히 사회에서도
일자리를 얻었다. 4인 가족을 부양하기에 충분했다. 대학을
다니면서 등록금 걱정도 하지 않았다. 엄마가 돌아가신
뒤 유품을 정리하다보니 그 시절의 가계부가 있었다.
엄마는 꼼꼼하게 지출을 적어놓았는데 가계부 곳곳에
'영하 용돈 5,000'이라는 항목이 보였다. 기억이 났다.
나는 날마다 오천원짜리 지폐 한 장을 받아 학교에 갔다.
한국은행 자료를 보면 1986년에 쌀 80킬로그램은 7만
1252원이고, 2022년에는 18만 6670원이다. 쌀값과 정부
공식 소비자물가지수CPI를 기준으로 대충 계산하면 그때의

오천원은 지금 약 만오천원 정도의 가치가 있다. 그 정도면 풍족하지는 않아도 학생식당에서 점심을 사 먹고도 친구와 저녁에 학교 앞 술집에서 감자탕에 소주 한잔 정도는 갹출해서 먹을 수 있는 액수다. 그래도 난 우리집이 너무 여유가 없다고 생각했다.

전두환 정권은 학생들에게 군사훈련을 시켰다. 대학생들도 남자는 일주일에 한 번 교련복을 입고 등교했다. 1학년 때 일주일, 2학년 때 일주일은 군부대 입소 훈련도 시켰다. 1학년은 성남의 문무대로 들어갔지만 2학년은 최전방으로 보내졌다. 전방 고지의 3월 초는 매서웠다. 새벽이 되면 기온이 급강하했다. 전투화 속의 발이 얼어버리는 것 같았다. 시간이 전혀 흐르지 않는 것만 같던 그 추운 경계초소에서 덜덜 떨며 생각했다. 이때가 내 인생에서 제일 힘든 순간일 거라고.

작가가 되리라는 확신도 없이 밤을 새워 소설을 쓰던 시절도 있었다. 밤이 깊어서야 첫 줄을 쓰고 동이 희부옇게 떠오는 것을 보며 잠들었다. 쓰고는 있지만 이 글을 읽어줄 사람이 있을까 생각했다. 결혼 후에도 아내는 직장을 다니며 과외를 계속했다. 새벽까지 글을 쓰고 느지막이 일어나면 아내는

직장에 나가고 없었다. 계좌의 잔고가 0이 되는 날이 있었고
그런 날은 소설 대신 출판사에 원고료 지급을 독촉(또는
애걸)하는 글을 썼다. 원고료가 들어오는 날에는 새로 장만한
중고 오디오 앞에 앉아 좋아하는 음악을 들으며 둘이 맥주를
마셨다. 길고 좁은 거실에 들여놓은 앰프와 스피커가 너무
커서 앉을 자리도 마땅치 않았다. 그럴 때마다 젊어서의
이 '고생'이 훗날의 안락함을 가져올 거라 믿었다. 고생다운
고생도 하지 않았으면서.

어릴 적 나는 인생을 선불제로 생각했다. 좋은 학교에 들어갈
때까지 죽어라 공부만 하며 현재를 '지불'하면 그만큼의
괜찮은 미래가 주어지는 줄 알았다. 밤을 새워 소설을 쓰고
몸을 축내면 그 대가로 편안한 미래를 받을 수 있다고
생각했다. 언덕을 오를 때는 힘들지만 내려올 때는 편하듯이,
고생과 노력은 초반에, 그 과실은 생의 후반에 따먹는
것이려니 했다. 잘 모르겠다. 다른 사람은 잘 모르겠지만
내 인생은 후불제인 것 같다. 어린 날이 오히려 '공짜'였고
지금은 계산을 치르는 중이고 해가 갈수록 더 많은 대가를
지불해야 할 것만 같다.

십대와 이십대에는 몸이 있다는 것을 잊고 살았다. 날마다

술을 퍼마셔도, 매일같이 나쁜 음식을 먹어도, 운동을 전혀 안 해도 몸은 멀쩡했다. 몸은 충동적인 내 정신의 순종적인 노예로서 모든 부당한 처사를 묵묵히 감당했다. 함부로 방치되고 혹사되었다. 지금은 돈과 시간, 노력을 많이 투입해야만 몸을 그럭저럭 유지할 수 있다. 마음도 돌보지 않았다. 되는대로 아무 생각이나 받아들였고, 아무 말이나 내뱉었다. 무한대로 남아 있는 것만 같은 시간은 지독히도 느리게 흐르는 것 같았다. 그래서 마구 낭비해버렸다. 얼굴도 모르는 이들과 지금은 이유도 기억나지 않는 일로 밤을 새워 키보드를 두드리며 싸웠다. 대충 살아도 온 우주가 너그럽게 보아주던 시간이었다.

원래도 좋지 않았던 눈에 노안이 와서 요즘은 밤에 책이 눈에 잘 들어오지 않는다. 오래전에 누군가가 내게 이런 질문을 던졌었다. "감옥에 갇혀 독서와 글쓰기 중에서 하나만 할 수 있게 된다면 뭘 선택하시겠어요?" 나는 주저하지 않고 독서를 선택했다. 책 없는 옥살이를 어떻게 견딘단 말인가? 그런 면에서 나는 작가보다 독자다. 글은 가끔 쓰지만 책은 언제나 읽는다. 그런데 글을 예전만큼 읽기 어렵게 되었고 앞으로 더 나아질 것 같지도 않으니 후회가 차오른다. 어두운 지하 술집에서 낭비했던, 눈이 지금보다는 훨씬 밝았던 이십대의 밤들에 나는 침대에 누워 책을 더 보고 있었어야 했다. 육체에 관한 한 앞으로 더 나아질 것은 없을 것이다. 인간의 세포는 무한히 복제되지 않는다. 그리고 복제될 때마다 열화劣化된다. 애초의 유전자 정보는 손실되거나 변형되어 다음 세포로 전달된다고 한다. 인생 후반을 이렇게 열화 복제된 세포들과 살아가야 한다고 생각하면 인생은 후불제 같기도 하다. 그러나 세속적인 성공의 기준으로 볼 때 지금의 나는 이십대의 나보다 모든 면에서 크게 좋아졌다고 말할 수도 있다. 그렇다면 역시 선불제가 맞는 것 같기도 하다. 과연 어느 쪽이 맞을까? 좋은 이야기들은 이 이분법을 넘어선다. 영화 〈라라랜드〉의 시작 부분에서 주인공 미아와 서배스천은 모두 무명의 배우이며 음악가다. 미아는 오디션이란 오디션은 다 보러 다니지만 문전박대에 가까운 취급을 받고 좌절을 거듭한다. 서배스천은 재즈 피아니스트이지만 술집에서 자신의 음악적 취향과는 전혀 다른 손님들의 신청곡을 치며 생계를 이어간다. 그의 꿈은 정통 재즈바를 차리고 거기에서 자기가 원하는 음악을 연주하는 것이다. 우여곡절 끝에 둘의 사랑은 끝난다. 그리고 세월이 흘러 미아는 유명한 배우가 되고 새로운 사람과 결혼도 한다. 어느 날 예약한 연극을 보러 가던 미아 부부는 저녁을 먹으러 근처의 재즈바에 들어가게 된다. 그곳은 바로 서배스천이 차린 재즈바 '셉스'로 많은 이들이 찾는 명소가 되어 있다.

세속적 성공이라는 척도로 보면 미아와 서배스천의 곡선은 뒤로 갈수록 상승한다. 그러나 극장을 나오는 관객들의 기억에 남는 충만한 기쁨의 순간들은 무명의 배우와 가진 것 없는 피아니스트가 수영장 파티가 끝난 뒤 언덕에서 함께 춤을 추는 장면 같은, 영화 초반의 신들이다. 그들은 서로 깊이 사랑하고, 연인의 꿈을 진심으로 응원한다. 따라서 둘의 인생 그래프는 마치 경제학의 수요 공급 곡선처럼 성공의 곡선과 반대로 그려지게 된다.

영화 〈대부〉 시리즈에서도 비슷하다. 알 파치노가 분한 마이클 콜레오네는 영화의 시작 부분에서는 형의 그늘에 가린데다가 가족의 사업을 이어받을 생각이 전혀 없는 유약한 대학생으로 나온다. 그러나 그는 형을 죽이고 아버지의 자리를 이어받아 원치 않았던 대부의 자리에 오른다. 권력을 기준으로 그래프를 그리면 시간이 흐를수록

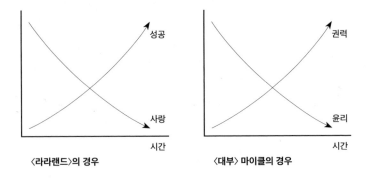

〈라라랜드〉의 경우 　　　　　〈대부〉 마이클의 경우

상향하는 모습을 보여줄 것이다. 그러나 윤리라는 기준으로
볼 때 전혀 반대의 그래프가 그려진다. 떳떳하게 살고자
했던 한 맑고 순수했던 젊은이가 어둠의 세계에서 죄악을
저지르며 타락하는 이야기가 된다.
인생의 성패를 판단하는 곡선은 하나가 아닐 수 있다는
이야기다. 세속적 성공과 도덕적 파탄이 함께 올 수
있으며 사랑과 꿈이 엇갈릴 수 있다. 어쩌면 한두 개의
선으로 나타낼 수 없을 수도 있다. 삼각함수를 배울 때,
가장 신기했던 것은 건조한 수식으로 이루어진 방정식이
좌표상에서 꽃이나 나비 같은 아름다운 곡선으로 표현되는
부분이었다. 지금까지 살아온 내 인생의 곡선은 어떤

모양으로 그려지고 있을까? 그 선들을 만든 함수는 과연

무엇이었을까? 어떤 충동과 어떤 운이었을까?

도덕적 운

이십 년이 넘게 쓰고 있는 수동 커피 분쇄기가 하나 있다. 살 때도 좀 빈티지 같았는데, 이제는 누가 봐도 빈티지 소품처럼 변해버렸다. 다행히 아직도 잘 기능해서 지금도 쓰고 있다. 손잡이를 돌려 분쇄한 커피를 드리퍼에 넣고 내려서 마시는 것은 부모로부터 독립한 이후 계속 지켜오는, 아침을 시작하는 의식이다. 커피에 곁들이는 아침 메뉴는 계속 변해왔지만 커피를 마시는 습관은 그대로 남았다. 오래 마셔오다보니 커피 취향도 꽤 분명해졌다. 강배전된 쌉싸름한 커피보다는 좀 덜 볶아 신맛이 있으면서 여러 풍미가 잘 조화를 이루는, 뒷맛이 깔끔한 원두를 좋아하는 편이다. 기분에 따라 강한 보디감과 다크초콜릿, 견과류나

향신료의 풍미가 짙게 느껴지는 캐릭터가 분명한 커피를
찾을 때도 있다.

시칠리아를 여행하던 시절에 구한 민박집에 간단한 조리가
가능한 부엌이 있었다. 파스타를 삶을 솥과 소스팬 같은
것들이 수납되어 있었고, 성냥으로 켜야 하는 가스레인지
위에는 모카포트가 있었다. 파스타와 에스프레소, 아무리
저렴한 숙소일지라도 손님들이 반드시 먹어야 한다고
생각하는 것들이었다. 푸근한 외모의 집주인은 손님이
오면 자기가 사는 집을 여행자에게 내주고 딸의 집에 가서
잔다고 했다. 그녀는 나에게 모카포트 사용법을 알려주면서
거듭하여 "절대로, 절대로" 주방세제로 세척해서는 안
된다고 강조했다. 자기가 너무나 사랑하는, 몇십 년을
사용해온 모카포트가 세제로 설거지를 해버린 무지한 손님
때문에 "사망"하게 되었다며 분통해했다. 모카포트는 물이
끓는점에 도달하며 발생한 강력한 증기의 압력을 이용해
순간적으로 커피를 추출하는, 어찌 보면 단순한 기구여서
그런지 잘만 관리하면 오래오래 사용할 수 있는 것 같았다.

제62회 베를린국제영화제 최우수작품상(황금곰상)을
수상한 타비아니 형제의 다큐멘터리 영화 〈시저는 죽어야

한다〉는 소재부터 흥미롭다. 마약 딜러나 마피아 조직원들이 다수 수감된 중범죄자 교도소에서 셰익스피어 희곡 〈줄리어스 시저〉를 상연한다. 극의 배우들은 모두 재소자다. 살인범들이 브루투스가 시저를 배신하고 원로원에서 다른 의원들과 함께 시저를 암살하는 장면을 연습하는 모습은 그 자체로 아이러니로 가득하다. 브루투스는 로마를 위해 시저를 죽여야만 했다며 눈물을 흘린다. 수감자들 역시 조직을 위해 누군가를 죽였던 과거가 있어 남 얘기가 아니다. 이들은 대본만 보고도 이것이 자기들의 이야기임을 직감하고 공감대를 형성한다. 한 수감자는 "셰익스피어는 친구입니다. 이 사람은 우리가 알고 있는 인생 경험을 이미 오백 년 전에 글로 남겼습니다"라고 말한다. 나쁜 전조를 본 아내의 만류를 뿌리치고 원로원 출석을 결심할 때 시저의 대사, "비겁한 자들은 죽기 전에 여러 번 죽지만, 용감한 자는 오직 단 한 번의 죽음만을 맛볼 뿐이오"(〈줄리어스 시저〉 2막 2장 32~33)는 이 중범죄자들이 어려서부터 내면화한 삶의 태도와 다르지 않을 것이다. 더불어 브루투스가 시저 암살 계획을 다짐하는 독백의 대사, "그는 죽어야 한다(It must be by his death)"(2막 1장 10)를 연습할 때 배우는 교도소나 고대

165

로마에 있는 게 아니라 자신이 처음 살인을 결심하던 때로
돌아가 있는 것처럼 보인다.

이러니 연습이 진행될수록 연극과 현실이 구분되지 않는다.
의상도 따로 없고, 제대로 된 무대에 오르지도 않기 때문에
더욱 그렇게 보인다. 연극 연습이 끝나면 수감자들은
독방으로 돌아간다. 거기서 대사를 외우기도 하고, 조금
전 연기한 장면을 곱씹기도 한다. 카메라에 잡힌 실제
중범죄자들의 독방에는 정말 필수적인 가구와 살림밖에
없다. 침대, 작은 식탁 하나가 전부다. 그런데 그 식탁 위에
모카포트가 놓여 있다. 모든 권리를 제한당한 범죄자조차도
에스프레소 한 잔을 마실 권리만큼은 허용되어야 한다는,
이탈리아인들의 공통된 정서를 그 장면을 통해 엿볼 수
있고, 그것은 바깥세상에서 마음껏 누렸던 자유의 희미한
흔적처럼 보인다.

마피아도 조직원을 뽑을 때는 순응적이고 착한 사람을
선호한다고 한다. 마피아 조직원도 직원이다. 직원은 조직의
지시를 잘 따라야 한다(마피아는 따르기 어려운 지시가 참
많은 조직이기도 하다). 또한 중간에서 돈을 횡령한다거나
보스의 여자를 유혹한다거나 해서는 곤란할 것이다. 그러니

반골이나 반항아보다는 권위에 순종하는 말 잘 듣는
신참이 환영받을 것이다. 로마 교도소 독방에서 모카포트로
에스프레소를 내려 마시면서 〈줄리어스 시저〉의 대사를
외우는 수감자들 중에도 어렸을 때는 착하고 어른 말 잘
듣던, 심지어 주변 사람들로부터 정직하다는 소리를 자주
듣던 이도 분명 있었으리라.

지금은 어떻게 하는지 모르겠지만 내가 중학교 3학년 때는
인문계 고등학교를 지망하는 아이들의 경우 무작위로
배정을 받았다. 나는 서울 잠실에서 중학교를 다녔는데
같은 해에 졸업한 친구들은 경기고나 서울고, 휘문고 같은
전통이 오래된 학교로 진학하기를 간절히 바랐다. 나는
그해 신설된 고등학교로 배정이 되었다. 경기고나 서울고에
배정된 친구들은 뛸듯이 기뻐했지만 나와 같은 학교에
가게 된 친구들은 울상이었고, 실제로 운 녀석도 있었다.
선배 없는 학교가 왜 나쁘지? 나는 이해할 수 없었다. 우릴
괴롭힐 선배가 없는데 울긴 왜 울어? 나는 신설 학교의
첫 입학생이자 1회 졸업생이 되었다. 체육 시간마다
운동장에서 돌을 주웠고 잡초도 뽑아야 했지만, 선배도
전통도 없어서 사실 아주 편했다. 대학에서는 경영학과를

들어갔는데, 한 학년이 460여 명이나 되는 과여서 선배는
고사하고 동기들끼리도 대부분 잘 알지 못했다. 술집에서
싸우다 파출소에 잡혀가서야 같은 과, 같은 학번임을 알게
되는 그런 과였다. 거기서도 역시 선배 없는 사 년을 잘
보냈다. 문학계에는 물론 선배들이 있었지만 권위적이지는
않았다. 다 자기 글을 쓰기 바빴고, 사실 자기 글만 잘 쓰면
되었다. 후배와 같이 쓰거나, 후배를 시켜 쓸 수도 없다. 감히
우러러볼 수도 없을 선배 작가들도 최후의 순간까지 혼자
책상 앞에 앉아 자기 손으로 글을 쓰다 돌아가셨다. 그런
세계가 문학계였다. 그래서 마음에 들었다. 마침내 내가 오래
살 곳에 왔다는 느낌이었다.

성장 환경이나 상황이 달랐다면 나 같은 이도 마피아나
조폭이 될 수 있었을까를 가끔 생각한다. 어쩌면 그저 운이
좋아서 권위를 따르거나 권위에 매혹될 필요가 없는 삶을
살아왔을지도 모른다.『괴짜 경제학』의 저자인 경제학자
스티븐 레빗은 시카고 슬럼가의 청소년들이 갱단 보스들을
선망하면서 그들과 같은 존재가 되기 위해 큰 위험을
무릅쓰는 과정을 연구했다. 주변에 바람직한 롤모델이 없고,
기회가 부족한 동네에서 좋은 차를 타고 나타나 일거리를

주는 갱단의 보스들은 성공의 상징이다. 그들처럼 될 수 있는 기회가 주어지면 평범한 청소년들이 자연스럽게 그 '권위'에 순종하며 무시무시한 마약 조직의 일원이 된다는 것이다.

지금은 고전이 된 두 편의 논문에서 토머스 네이글Thomas Nagel(1979)과 버나드 윌리엄스Bernard Williams(1981)는 인간의 도덕성이라는 것이 일종의 운에 의해 좌우된다는 것을 논증한다. 이른바 '도덕적 운moral luck'이다. 이들은 도덕적 평가는 운의 영향을 받지 않으며, 우리가 통제할 수 없는 요소들과 무관해야 한다는 칸트의 주장을 반박한다. 거칠게 말해 1930년대 독일에 살게 된 사람은 자신의 의지와 상관없이 나치의 악행을 방관하거나 그에 가담하게 되는데, 이는 도덕이란 통제할 수 없는 요인에 크게 영향을 받는다는 것을 보여준다. 마찬가지로 유복한 환경에서 자라 다른 사람에게 베풀 게 많은 사람은 그렇지 못한 사람보다 고귀한 행위를 하기가 쉽다. 이런 이론은 아리스토텔레스에게까지 거슬러 올라간다. 아리스토텔레스는 흔히 '행복'이라 번역되는 '에우다이모니아'에 대해 이렇게 설명한다. 행복은 완전한 삶을 통해 덕을 갖춘 사람이 되는 것인데, 덕을 갖춘 사람이 되려면 올바른 양육과 훈련이 필요하다. 그런데 이런 훈련을 받을 수 있는지 여부를 행위자가 전적으로 통제할 수 없다. 그러니 고결한 삶을 살 수 있는 능력은 운에 크게 좌우된다는 것이다. 다시 말해 인간이 범죄자가 되지 않고, 선량하게 살 수 있는 것은 칸트적 '선한 의지'만으로는 충분하지 않고 환경이 뒷받침되어야 한다는 것이다.

가끔 독자들로부터 좋은 이야기와 나쁜 이야기를 가르는 기준에 대한 질문을 받는다. 물론 내 나름의 여러 기준이 있지만 그런 자리에서 다 설명하기 어렵기 때문에 나는 지나친 단순화의 위험을 무릅쓰고 딱 하나만 말한다. 나쁜 이야기에는 악인과 선인이 정해져 있다고. 예를 들어 특정 인종 또는 특정 지역 또는 특정 정치적 성향을 가진 이들이 악인이며, 인간의 본성은 변하지 않는다고 가정하는 그런 이야기들. 반대로 좋은 이야기에선 인물이 상황에 따라, 즉, '도덕적 운'에 따라 선인이 될 수도, 악인이 될 수도 있다. 안나 카레니나는 좋은 엄마였지만 매력적인 연하남을 만나 불륜에 빠지면서 나쁜 엄마가 된다(모스크바행 기차가 문제였다. 브론스키는 우연히 안나의 옆자리에 앉게 된 노부인의 아들이었다). 제이 개츠비는 밀주를 팔아 번 부정한 돈으로 옛 애인을 폭력적인 남편으로부터 구하고자 한다(개츠비는

중서부 가난한 소농의 집안에서 자랐고, 1차세계대전이
발발하면서 장교가 되었는데, 그러지 않았다면 우연히라도
만나기 힘들었을 부잣집 딸인 데이지와 엮인다). 장 발장은 빵
도둑이었으나 그를 절도범으로 만든 '도덕적 운'은 굶어죽기
직전이었던 누이와 어린 조카 일곱이었다. 오랜 수감 생활로
세상에 대한 원한에 사로잡힌 그를 선량한 시장님으로
변화시킨 '도덕적 운'은 은식기를 도난당하고도 그를 감싸준
미리엘 주교와의 만남이었다.

얼마 전, 한 스페셜티 커피 업체로부터 '여행의 이유'
블렌드 커피를 만들어보자는 제안을 받았다. 업체의 대표와
만나 어떤 방향으로 블렌딩할 것인가에 대해 이야기를
나누고 며칠 후, 3종의 블렌드를 만들었으니 같이 맛보면서
결정하자는 연락이 왔다. 적절한 비율로 섞어 로스팅한
원두에 뜨거운 물을 부은 뒤 필터로 거르지 않고 삼십 분에
걸쳐 조금씩 스푼으로 떠 마시는 방식의 시음이었는데
업계에서는 '커핑'이라고 부른다고 했다. 다 식을 때까지
이렇게 오래 우려서 마시는 이유에 대해서도 들었다.
일 년의 사분의 일을 커피 산지에서 보내며 지금도
일요일마다 직접 로스팅을 한다는 대표의 말로는, 커피는

처음에 뜨거운 물과 만났을 때 자신의 가장 좋은 모습을 내보낸다. 그러나 시간이 지날수록 그 원두가 가지고 있는 나쁜 성질이 우러나는데, 그렇기 때문에 삼십 분 이상의 충분한 시간이 필요하다는 것이다. 물론 업장에서는 잘 숙련된 바리스타가 원두의 가장 좋은 성질만 우려내려 노력할 테지만 그래도 로스터들은 원두가 가진 모든 면, 특히 최악의 면을 검토할 필요가 있다고 한다.

커피는 그렇다 치고, 사람의 좋은 성질은 처음에 우러날까, 아니면 최후에 우러날까? 고대 그리스인들은 인물의 참된 성격은 오직 시련을 통해서만 드러난다고 믿었고 그 믿음에 따라 그리스 비극을 만들었다. 그들이 믿었던 것처럼, 상황이 좋을 때, 우리는 모두 좋은 사람이다. 상황이 나쁠 때 어떻게 행동하느냐가 문제다. 모든 이야기는 거기에 집중한다.

셰익스피어의 희곡에서도 브루투스와 카시우스는 공화정을 지킨다는 명분으로 시저를 암살한다. 그들의 음모는 실패하고 반역자로 몰렸지만 고결하게 죽음을 맞이한다. 공화국의 영웅이었던 시저는 독재자가 되었으나 죽음 앞에서 비겁하지는 않았다.

사람의 참된 모습을 보려면 충분한 시간과 적절한 계기가

필요하다. 그러니 첫인상은 전부가 아니며 모든 인간의
내면에는 최선과 최악이 공존하고 있을 것이다. 셀카가 남이
찍은 사진보다 마음에 드는 것은 자기도 모르게 자기가 가장
괜찮게 보이는 각도로 찍기 때문이라고 한다. 많은 아마추어
골퍼들이 어쩌다 한 번 올린 최고의 타수를 평균 타수로
말한다. 자꾸 말하다보면 가장 먼저 자기가 속는다. 최선의
면이든 최악의 면이든 모두 내 안에서 나온 것이다. 나 역시
적당한 온도와 시간에서 최선일 것이고, 반대의 조건에서
최악일 것이다. 나는 언제나 내 안의 최악이 두려웠다.
오래전, 내 악몽의 반복되는 주제는 수감이었다. 꿈속에서
나는 체포되었거나 이미 수감되어 있었고, 그때마다
절망하고 예감했다. 사랑하는 모든 것들과 떨어져 오랫동안
보지 못하리라는 것을. 그런 꿈에서 깨어날 때마다 식은
땀을 흘리며 안도했고("아, 나는 자유다"), 그런 일이 사십대
중반까지 계속되었다는 것이 얼마 전에 문득 떠올랐다. 혹시
반복되는 꿈이란 더이상 꿈이 아니라 어딘가에서 진행되고
있는 내 다른 생의 흔적일까?
엄마는 세상을 떠난 뒤 한동안 자주 내 꿈에 나타났다.
깨어나면 더는 그분이 이 세상 사람이 아님을 깨닫고

슬퍼졌으나 동시에 마음이 놓였다. 질서 있는 현실로
돌아왔다는 안도감이었다. 그럴 때면 꿈은 생이 내게
가하는, 점점 익숙해지기는 하지만 그래도 고문은 고문인,
그런 가혹행위처럼 느껴진다. 꿈에는 카타르시스가 없다.
젊어서 나는 아주 어두운 이야기들을 몇 편 썼고, 그것들은
소설이라기보다 악몽에 가까웠다. 그때의 나는 내 안의
어둠과 싸우느라 독자들을 생각할 여력이 없었다.
오래전 대학에서 글쓰기를 가르칠 때 학생들에게 꿈을 적어
오라는 숙제를 내주었다.
"꿈을 안 꾸면 어떻게 하나요?"
학생의 질문에 나는 대답했다.
"꿈을 꾸는 것까지가 숙제란다."
일주일이 지났다. 놀랍게도(실은 별로 안 놀랍게도) 숙제를
안 해 온 학생이 하나도 없었다. 다들 꿈을 꾸는 데 성공했고,
그것을 받아 적기까지 했던 것이다. 학점이 이렇게 무섭다.
꿈까지 꾸게 만들 수 있다.
프로이트의 영향을 받은 초현실주의자들, 다다이스트들도
꿈에 지대한 관심을 가진 것은 널리 알려져 있다. 꿈은
논리가 없고 엉뚱하며, 이성의 지배를 받지 않는 이상한

세계로, 합리성에 기반을 둔 계몽주의적 세계관에
숨막혀하던 예술가들에게는 미발견된 신세계로 보였을
것이다. 꿈은 해석의 대상에서 예술적 영감의 원천이 되었다.
이후로 꿈의 기록은 작가가 되고자 하는, 또는 이미 작가가
된 이들에게도 한 번쯤은 해보는 행위로 자리잡았다.

한창 습작을 하던 시절, 내 침대 옆 협탁에도 꿈을 기록하기
위한 노트와 펜이 항상 놓여 있었다. 잠에서 깨자마자 펜을
쥐고 꿈을 적는 것은 KBS 〈가족오락관〉의 '고요 속의 외침'
코너와 비슷하다. 헤드폰을 끼고 뭔가 듣긴 들었는데 막상
옮기려 하면 말이 안 되는 것 같아 멈칫하게 되는 마음. 말이
안 되기도 하고, 글로 옮겨서는 더욱 안 될 것 같은 장면들.
그래서 꿈을 적을 때는 아무리 혼자 볼 노트에 적는다 해도
완전히 솔직해질 수가 없다. 윤색하고, 생략하고, 세부를
더하게 된다. 꿈은 의식의 난해한 흐름이며 이 흐름은 자주
문법의 둑을 넘어간다. 그렇게라도 다 적고 보면 꿈이란
참 이상한 세계다. 아래 두 편의 꿈은 그나마 공개 가능한
것들이고 노트에 적은 것이 아니라 키보드로 타이핑한
것이다.

2009년 11월 26일의 꿈

도둑이 동아리방에 들어와 있었다. 나는 오페라(혹은
연극) 공연을 앞둔 주연배우였고 다른 배우와 공연
직전에 리허설을 하다가 중요한 장면을 수정한 참이었다.
동아리방에 온 도둑은 아예 책상 하나를 다 들고
나가고 있었고 가방 속에는 다른 곳에서 훔쳤음직한
디지털카메라가 가득했다. 후배들에게 경찰을 부르라고
하자 그는 수북이 쌓여 있는 가짜 총 하나를 들고 쏘겠다고
위협했지만 나는 겁먹지 않고 달려들었다. 가짜 총인 줄
알았던 총에서 총알이 나왔고, 나는 다른 총의 개머리판으로
놈의 머리를 후려갈겼다. 놈은 깨진 유릿조각으로 변해
바닥에 흩어졌다. 그러나 나는 그것을 하나도 이상하게
생각하지 않았다. 여자 후배 하나가 빗자루를 들고 와
마뜩잖은 표정으로 놈의 유리 잔해를 쓸어 담았다.

2011년 8월 15일의 꿈

강북으로 보이는 어떤 곳으로 이사간다. 옆집에 백인들이
살고 있다. 그러나 어떤 언어로든 무리 없이 소통하고
있다. 한 남자와 이야기를 나누게 되었는데 이 남자의 말이
자기가 데이비드 보위란다. 나는 아내가 데이비드 보위의
팬인데 아직 모르고 있다고, 이야기를 해야겠다고 말한다.
데이비드 보위 말로는 자기들은 강남으로 이사를 간단다.
데이비드의 명함을 보니 DAVID가 아니라 DAVIS여서 나는
이상하다고 생각한다. 나는 일자리를 제안받는다. 동료
여성 작가로부터 어떤 아파트촌 혹은 새로 생기는 강남의
어떤 새로운 빌라 단지 같은 곳에서 일하라는 제안이다.
일주일에 닷새를 나가는 그런 일을 나보고 하라는 거냐고
어이가 없어서 물었더니 일은 힘들지 않으며 이야깃거리도
생기고 좋을 거라고 말한다. 그 동네는 듣기만 해도
이미지가 아주 좋을 것 같고 이름도 귀에 익은데 이상하게
가고 싶지 않은 곳이며 산 위에 있다는 인상을 받는다.

학생들이 모두 꿈을 꾸었을 리가 없고, 꾸었다 해도 솔직하게 다 적었을 리가 없고, 적기도 어렵다. 그런 것을 알면서도 숙제로 내준 이유는, 글쓰기를 직업으로 할 사람이라면 한 번쯤은 꿈을 기억하고 적으려 애를 써봐야 한다고 믿었기 때문이다. 환상의 세계를 창조하려는 이는 대낮의 멀쩡한 정신이 아닌 어둡고 불가해한 세계가 자기 안에 존재한다는 것을 의식하지 않을 수 없다. 꿈에서는 이미 죽은 이들이 활보하고, 엉뚱한 곳에 가 있으며, 물리적 법칙이 적용되지 않는다. 우리는 날아다니거나 추락하며, 뉴욕에 있었는데 밥은 목포에서 먹고, 오페라 가수가 되고, 데이비드 보위의 이웃이 된다. 이야기라는 헛것을 만드는 게 업인 사람이 역시 헛것인 꿈을 무시하기는 어렵다. 그리고 좀 궁금하기도 했다. 어린 창작자들은 어떤 꿈을 꾸고, 그것을 어떻게 말이 되는 문장으로 변환하는지가. 학생들은 곧 눈치챈다. 꿈을 잘 꾸는 것이 아니라 어떻게 쓰느냐가 중요하다는 것을.

꿈은 이야기와 비슷하다. '지금, 여기'가 아닌 곳에서 일이 벌어지고, 그 속에 있는 동안은 그 세계를 현실이라 믿는다. 꿈의 세계로 들어가기 위해서는 눈을 감아야 하고 잠도 깊이 들어야 한다. 책은 겉표지를 열고(책의 표지란 얼마나 문과 비슷한가) 종이 위에 인쇄된 글자들을 읽도록 되어 있다.

많은 이야기들이 이야기의 이런 속성을 은유로 표현했다.

알리바바는 주문과 함께 동굴로 들어가고 『나니아 연대기』의

아이들은 옷장 문을 통해 마녀가 살고 있는 눈 덮인 숲으로

가고 앨리스는 조끼 주머니에서 시계를 꺼내 보는 토끼를

따라 토끼 굴로 들어간다. 요컨대 이야기의 세계에는 입구가

있고, 거기를 통과하면 현실의 법칙이 통하지 않는 다른

세계가 있다는 것이다.

그런데 꿈과 이야기에는 크게 다른 점이 있다. 꿈은 연속극이

아니다. 간밤의 꿈이 아무리 좋아도 그 세계로 돌아갈 수

없다. 반면 이야기는 어제 읽던(보던) 그 지점으로 돌아가

다시 그 환상의 세계 속에서 살아갈 수 있다. 꿈은 고양이나

개도 꾼다고 하니 인간 역시 언어를 발명하기 전부터

꿈을 꾸었을 것이다. 그런데 인간만이 꿈이라는 이상한

세계, 잠에서 깨어나는 즉시 휘발되기 시작하는 이 아까운

환상적 질료를 언어로 고정시키는 방법을 개발했고 그것이

이야기였을 것이다. 처음에는 말로 만들어 전파했지만 곧

글로도 적기 시작했을 것이다. 그러므로 소설을 읽거나

영화를 본다는 것은 작심하고 꿈을 꾸겠다는 의미다. 현실이

여기 있지만 나는 문을 열고 다른 세계로 잠시 넘어갔다가 안전하게 돌아올 것이다, 라고 결심하는 것이고, 실제로도 독자를 안전하게 제자리로 돌려보내준다.

이십대의 나는 내 성격이 밝다고 생각했다. 그래서 더 위태로웠다. 젊은 날의 내 우울은 공격성과 중독성 뒤에 가려져 있어서 당시에는 나조차도 전혀 몰랐고, 꽤 오랜 세월이 지나서야 당시의 내가 치료나 상담이 필요한 상태였을 수 있다는 것을 알았다. 대학교 2학년 때, 학생회관 삼층에 있던 학생심리상담실에 불쑥 들어가 검사를 해달라고 했다('불쑥'이라고 썼지만 '불쑥'이었을 리가 없다. 내 안의 누군가가 나를 그 방으로 밀어넣은 것이다). 검사 결과를 살펴본 상담사는 신중한 어조로 정기적인 상담을 권했다. "왜요? 점수가 많이 낮은가요?" 상담사는 신중했다. "마음에 점수 같은 건 없어요. 다만 여러 지표가 극단을 가리키고 있네요. 좀 위험할 수 있어요. 꼭 상담받으러 와요. 알았죠?" 물론 나는 상담사의 말을 듣지 않았고 친구들에게 무용담이라도 전하듯 호기롭게 "글쎄, 나보고 위험하대. 즉시 상담을 시작해야 된다는 거야"라고 말했다.

나는 그 상담사의 말을 들었어야 했다.

대학을 졸업한 후, 우리 가족은 수원으로 이사를 갔고 나는
운전을 시작했다. 경부고속도로를 자주 이용하던 그 시절에
나는 아무 이유도 없이 질주하던 차의 핸들을 돌려버리고
싶은 자기파괴적 충동을 느꼈다. 그러던 어느 화창하던
봄날의 오후 어떤 힘이 내 안에서 갑자기 튀어나왔다.
곧바로 핸들을 바로잡았지만 차는 중심을 잃고 빙그르르
두 바퀴를 돈 뒤 후면 범퍼로 중앙분리대를 가볍게 들이받고
나서야 멈췄다. 고개를 들어보니(그랬다. 나는 반사적으로
몸을 웅크리고 고개를 핸들에 거의 박을 듯이 숙이고 있었다)
뒤따라오다 급정거한 차들과 내 차가 마주보고 있었고
내 양손은 구명대라도 잡듯 핸들을 꽉 움켜쥐고 있었다.
그때까지 있는 힘을 다해 브레이크를 밟고 있던 오른발은
마치 딱딱한 나무토막처럼 느껴질 정도였다. 2차 사고는
없었고, 차 손상도 후면 범퍼가 내려앉은 정도에 불과했지만,
머리를 선반 같은 곳에 거세게 부딪힌 것 같은 기분이었다.
아주 잠깐, 죽음의 충동이 나를 지배했으나 나는 살아남았고
참으로 다행하게도 다른 누구도 다치게 하지 않았다.
그 시절의 내 우울은 『나는 나를 파괴할 권리가 있다』
같은 소설에 녹아 있다. 자기파괴적 충동을 타고난 것은

불운이었지만, 글을 쓸 수 있었던 것은 내 '도덕적 운'이었다. 그냥 흘러가게 두었을 때, 삶은 자연스럽게 악몽이 되어가고 있었다. 그 악몽을 문장으로 옮겨 쓰기 시작하고 나서야 내 안의 어둠은 조금씩 질서가 있는 이야기로 변화하기 시작했고, 나는 핸들에 처박고 있던 고개를 들어 비로소 주변의 세상에 눈을 돌릴 수 있었다.

어떤 위안

얼마 전 넷플릭스에서 보게 된 영화가 있다. 주인공은
카레이서고 사랑스러운 어린 아들이 있다. 어느 날 주인공인
아버지가 모는 차가 불길에 휩싸이고 현장에서 그 장면을
목격한 아들은 충격을 받는다. 다행히 주인공은 멀쩡히
살아 나오지만, 아들은 이후로 아버지를 걱정하기 시작한다.
주인공은 인종도, 국적도, 하는 일도 나와 달랐지만
잠깐이나마 그가 부러웠다. 그래, 내게는 저렇게 나를
걱정해줄 아이가 없지.

우리는 모두 단 한 번의 삶을 산다. 태어나자마자 주어진
것들이 있다. 나는 인류가 달에 첫 발자국을 남기기 전 해에
대한민국에서 태어난 남자고, 교육열이 높은 건전한 소시민

친부모에 의해 양육되었다. 내가 어쩔 수 없었던 것들이다.
반면 스스로 결정한 것들도 있다. 작가 되기, 가족을
더 늘리지 않기, 아파트에서 살지 않기 같은 것은 내가
선택했다. 이런 결정을 내릴 때마다 주변에서 나중에 후회할
거라고 겁을 주었다. 그 '나중'은 아직 오지 않았다. 그러나
직업이 직업인지라 나는 가끔 '어쩌면 나에게 가능했을지도
모를 어떤 삶'을 아주 구체적으로 그려본다. 후회는 아니다.
상실감에 가깝다. 살아보지도 않은 인생을 마치 잃어버린
것처럼 느끼는 것이다. 그런데 곰곰이 생각해보면 이런
상실감을 느끼는 데는 꽤 그럴듯한 이유가 있다. 여기
블라디미르 나보코프가 전하는 한 젊은이의 일화가 있다.

나는 자신이 태어나기 몇 주 전에 촬영된 홈메이드 영화를
처음 보고 일종의 공황 상태를 경험한 젊은 시간공포(증)
환자를 알고 있다. 그가 본 세계는 다를 게 없었다. 같은
집, 같은 사람들이었는데 곧 그는 자신이 그곳에 전혀
존재하고 있지 않으며, 누구도 자신의 부재에 대해
애통해하지 않는다는 것을 깨달았다. 이층 창문에서
손을 흔드는 어머니의 모습도 얼핏 보였는데, 그 낯선

손짓은 마치 기묘한 작별 인사처럼 그의 마음을 괴롭혔다.
그러나 그가 정말로 두려웠던 것은 마치 관짝처럼
의기양양하고 으스스한 기운을 내뿜고 있는 새 유아차였다.
시간이 역순으로 흘러 마치 그 자신의 뼈가 다 분해되어
없어지기라도 한 듯 텅 비어 있었다.[*]

살아보지 않은 인생, 다시 말해 내가 살아갈 수도 있었을
삶이란 내가 아직 태어나지 않은 세상과 비슷하다. 나는
거기 있을 수도 있었다. 하지만 없었다. 그게 전부다.
그런데 나에게는, 그리고 소설과 영화를 보면서 인물에게
감정이입을 하는 모든 인간에게는, 상상력이라는 것이 있다.
2000년대 초반에 나는 몇 번 영화 쪽 일을 했다. 원래 새로운
일과 세계에 호기심이 많고, 당시 막 흥하기 시작한 한국의
영화계는 문학계보다 글값이 후했다. 곧 내가 영화감독이
되려 한다는 소문이 돌았다. 이창동 감독의 사례가 있어서
더 그랬을 텐데, 그럴 생각은 전혀 없었다. 이후에는 잠깐
대학에서 학생들을 가르쳤다. 다섯 학기쯤 하고 학교를

---

[*] 블라디미르 나보코프, 『말하라, 기억이여 *Speak, Memory*』, 1951.

떠났다. 정년까지 있을 줄 알았던 이들은 좀 놀란 것 같았다.
교수를 그만두고 뉴욕에서 이 년 반을 살았다. 미국으로
건너와 살아가고 있는 이들을 많이 만났다. 그때는 잠시나마
나도 그냥 뉴욕에 눌러앉을까 생각했다. 그러라고 한 사람도
몇 있었다(뉴요커들은 뉴욕에 오는 사람들을 이민 희망자로
생각하는 집단적 나르시시즘이 있다). 그렇지만 돌아와
이번에는 부산에서 삼 년을 살았다. 2017년에 TV 지식 예능
프로그램에 나갔다. 시즌1이 워낙 성공적이어서 바로 시즌2
제안이 왔지만 거절했다. 당시 방송 쪽에 경험이 많은 지인은
시즌2 출연을 권하면서 "나중에 후회하지 않을 자신이
있으세요?"라고 물었다. 내가 '방송이 본업이 아닌데 이것만
하고 있을 수는 없다. 나는 작가로 돌아갈 것이다'라고
했더니 그는 진지한 얼굴로 "아니요. 못 돌아가실걸요.
한번 여기 발을 들이면 계속 이 세계에서 살아가셔야 해요.
벗어나신 분을 한 번도 못 봤어요"라고, 자못 준엄하게
경고했다(물론 나는 이후로 그 프로그램의 시즌3를 비롯해
한두 번 더 방송 프로그램에 출연했지만 다 잠깐씩이어서 나를
방송인으로 여기는 사람은 없는 것 같다).
어쨌든 이제 충분히 시간이 지났고, 그 지인의 장담과는 달리

후회하지 않는다. 그렇지만 시도 때도 없이 작동하는 상상력 덕분에, 삼십대에 영화계로 넘어갔다면 지금은 어떻게 되었을까, 그냥 대학에 남았다면 어떻게 되었을까, 뉴욕에서 돌아오지 않았다면 어떻게 되었을까, 방송인으로 살았다면 어땠을까를 아주 생생하게 그려볼 수 있고, 또 실제로 그렇게 한다. 그리고 그 모든 상상 끝에 나는 다시 현실로 돌아온다. 그럴 때, 내 눈앞의 세계는 단순한 현실이 아니라 내가 하마터면 살 수 있었을 n개의 인생 중 하나로 보인다. 지금 이 생은 태어나면서부터 주어진 것과 스스로 결정한 것들이 뒤섞여 만들어진 유일무이한 칵테일이며 내가 바로 이 인생 칵테일의 제조자다. 그리고 나에게는 이 삶을 잘 완성할 책임이 있다.

평론가 앤드루 H. 밀러는 『우연한 생』에서 인류학자 클리퍼드 기어츠의 말을 인용한다. "누구나 수천 개의 삶을 살 수 있는 조건들을 가지고 태어나지만 결국에는 그중 단 한 개의 삶만 살게 된다." 그런데도 우리는 '그때 만약 그 길로 갔더라면/가지 않았더라면'으로 시작하는 상상을 통해 자주 후회에 도달한다. 진화심리학 쪽에서는 인간이 이런 후회를 자꾸 하도록 진화한 이유가 과거의 실수를 반성함으로써 미래에 더 나은 결정을 내리기 위해서였을 것이고, 그런 개체가 더 잘 살아남았을 거라고 추측한다. 이런 실용적인 설명도 일리가 있다. 그러나 나는 인간이 '살아보지 않은 삶'을 상상하는 데는 더 근원적인 동기가 숨어 있다고 생각한다.

> 우리가 살지 않은 삶에 관해 이야기하는 이유는 미래에 나쁜 결과와 마주하는 것을 막기 위해서가 아니다. 우리가 현재 살고 있는 이 삶의 의미를 찾기 위해서다. 의미 있는 삶에 대한 갈망은 그 어떤 전략적 고려보다 우선하고, 살지 않은 삶에 대한 고찰은 그런 의미를 만들어내거나 찾는 매우 효과적인 방법이다.[*]

나비가 된 꿈에서 깨어난 장자莊子는 "내가 나비의 꿈을 꾼 것인가, 나비가 내 꿈을 꾸고 있는 것인가" 물었다. 요즘 소설과 영화, 드라마, 웹툰에서 주인공이 갑자기 다른 사람의 몸속으로 들어가거나, 신분이 전혀 다른 존재로

---

[*]   앤드루 H. 밀러, 『우연한 생』, 방진이 옮김, 지식의편집, 2021, 29쪽.

환생하거나, 미래를 아는 상태로 과거의 자신으로 돌아가는 설정이 매우 흔하게 보인다. 또는 기억을 상실해 과거의 자신과 전혀 다른 존재로 살아가다가 문득 자신이 원래 이런 존재가 아니었음을 깨닫기도 한다. 이런 이야기들은 매우 직접적으로 하마터면 살 수 있었을 삶을 들이민다. 마치 관객이나 독자가 스스로 상상할 수고조차 줄여주겠다는 듯이. 그러나 훈련된 독자나 관객에게는 이런 설정이 굳이 필요 없다. 이런 설정 없이도 잘 만들어진 이야기들은 우리를 러시아 혁명기의 백군이나 저 광대무변한 우주를 여행하는 외로운 사이보그로 만들 수 있다.

삶을 사유하다보면 문득 이상하게 느껴진다. 이토록 소중한 것의 시작 부분이 잘 기억나지 않는다. 시작은 모르는데 어느새 내가 거기 들어가 있었고, 어느새 살아가고 있고, 어느새 끝을 향해 가고 있다. 소설이나 영화는 시작 부분에 공을 많이 들인다. 첫인상이 그만큼 중요하다는 것을 모두가 알고 있다. 그러나 내 삶이라는 이야기에는 첫인상이랄 게 없다. 숙취에 절어 깬 아침 같다. 간밤에 무슨 일이 있었던 것 같은데 뭐가 뭔지 잘 모르겠는 기분. 내 삶의 서두는 기억이 나지 않는 반면, 나와 무관한 다른 삶들은 또렷하고,

그것들은 대부분 소설이나 영화에 담겨 있는 것들이다.

유품을 정리하다가 이십대의 아버지가 전쟁터인 베트남에서 찍어 온 흑백사진들을 보게 되었다. 그중에는 요즘의 셀카처럼 아버지가 거울을 보고 자신의 모습을 찍은 것도 있었다. 카메라가 얼굴의 반을 가린 상태에서, 아버지의 왼쪽 눈은 뭔가 겁을 먹은 듯 자기 눈동자를 정면으로 응시하고 있다. 앞으로 다가올 인생의 여러 가능성을 어서 확인하고 싶어하면서도 동시에 그것의 무게에 짓눌린 듯한 눈빛이었다. 기분이 으스스했다. 저 젊은이는 아직 모르고 있다. 그는 전쟁에서 살아남아 곧 두 아들을 갖게 되고, 군 생활은 성공적이지 않으며, 잠깐 은행에 몸을 담게 되지만, 그것도 오래가지 않을 것이다. 결혼생활은 결혼식장에서 약속한 것처럼 죽음이 둘을 갈라놓을 때까지 계속될 것이고, 꿈꾸던 일은 끝내 하지 못할 것이고, 가족을 위해 은퇴 없이 일하다가, 육십대 초반의 어느 아침 지하철역 계단을 내려가다가 뇌출혈로 쓰러지고 나서야 비로소 쉬게 될 것이다.

나는 그 모든 것을 마치 드니 빌뇌브 감독의 영화 〈컨택트〉의 외계인처럼 보고 있다. 제 꼬리를 물고 있는

뱀처럼 현재의 내가 과거의 아버지로 이어지고, 그 아버지의
시선으로 다시 미래의 나를 본다. 나는 아버지가 아니지만,
평생 읽어온 이야기들로 훈련되었기에, 그가 하마터면 살
수 있었을 삶들에 대한 상실감을 대신 느끼고 슬퍼진다.
아버지는 베트남에서 돌아오자마자 제대하고 무역회사
같은 데서 일하면서 고도성장의 과실을 누렸을 수 있다.
엄마와 헤어지고 양봉을 하며 철따라 산천을 떠돌았을 수
있다. 결혼은 했지만 나는 유산하고 동생만 낳았을 수도
있다(오래전 나와 열두 살이나 터울이 지는 사촌누나가 어린
나에게 속삭였다. "너 그거 알아? 너한테 형이 있었어." 이후로
그것은 내 오랜 공포였다. 나 역시 아예 태어나지 않았을 수
있다는 것! 작년에 그 누나와 오랜만에 만난 자리에서 이에 대해
물었더니 그런 말을 한 적이 없고, 했을 리도 없다고 부인했다).
아버지에게 허락된 여러 삶 속에 내가 지금 살고 있는 이
단 한 번의 삶이 겨우 존재한다. 사진 속 아버지의 시선은
그것을 보고 있는 나를 통과하여 미래를 지나 다시 당신
자신마저 태어나지 않은 과거로 가닿는다. 그 젊은이는 자기
뒤통수를 보고 있는 것이다.
물리학 쪽 책을 보다가, 이해는 잘 못하면서도 문득 위안을

받을 때가 있다. 예를 들어 과거, 현재, 미래라는 것은 그저 지구상의 인간을 위한 편의적 개념일 뿐이라는 설명이 그렇다. 또한 시간은 우리가 우주의 어디에 있느냐에 따라 다 다르고, 어쩌면 거꾸로 흐를지도 모른다는 이야기 같은 것. 내가 다른 삶을 상상하거나 거기에 매혹되는 이유는 어쩌면 한 방향으로만 흐르는 불가역한 시간이라는 개념에 익숙하기 때문일지도 모른다. 만약 여기에서 벗어난다면 좀더 편안하게 미지의 미래를 받아들일 수 있을 것 같다. 그것은 미래처럼 보이는 과거일 테니까. 이미 일어난 일인데 내가 아직 모를 뿐이니까. 크리스마스 날 아침까지 풀지 못하는 선물처럼, 놀라움을 위해 알려주지 않는 것뿐일 테니까. 그리고 어떤 세계에서는, 그것이 다른 차원이든 '사건의 지평선' 너머든, 아버지와 엄마는 죽지 않았고, 나는 태어나지 않았을 것이다. 아니, 내가 그들의 부모였을 수도 있다. 그 밖에도 무한한 가능성이 있다. 내 삶이 어쩌면 가능했을지도 모를 무한한 삶들 중 하나일 뿐이라면, 이 삶의 값은 0이며(1/∞=0) 아무 무게도 지니지 않을 것이니, 존재의 이 한없는 가벼움을 받아들일 수만 있다면, 더는 단 한 번의 삶이 두렵지 않을 것 같다. 태어나지 않았을 때 나는 내가 태어나지 않은 것을 몰랐기에 전혀 애통하지 않았다. 죽음 이후에도 내가 죽었음을 모를 것이고, 저 우주의 다른 시공간 어디엔가는 내가 존재했는지도 모르는 내가 살아가고 있을 것이다.

이런 위안이다.

후기와 감사 그리고 '인생 사용법'

지난해 봄 큰외숙모가 돌아가셨다. 100세를 넘기고도 이
년을 더 사셨기에 빈소의 분위기는 그리 어둡지 않았다.
외할아버지, 외할머니 얼굴 한 번 보지 못하고 자란 나와
동생은 서울 도림동의 큰외삼촌댁을 외가로 생각하고
자랐다. 외삼촌이 젊은 나이에 치과 치료를 받다가 생긴
염증으로 허망하게 돌아가셨으나 외숙모는 꿋꿋하게
사 남매를 키워냈고 우리가 찾아가도 늘 반겨주셨다.
그러나 그 시절의 외숙모에 대해서는 우리에게 잘해주신
좋은 분이었다는 것 말고는 기억에 남을 만한 인상을 갖고
있지 않았다. 부고를 받고 빈소에 가서야 내가 전혀 모르던
그분의 놀라운 여러 과거를 알게 되었다. 가장 많이 나온

이야기는 외숙모가 100세가 다 된 나이에도 아파트 단지 노인회장을 역임했고, 이것만 해도 충분히 놀라운데, 그 와중에 칠십대의 '젊은 애'들이 일으킨 쿠데타까지 제압한 사건이었다. 칠십대의 '젊은' 노인 회원들은 아무리 기다려도 권력을 놓지 않는 외숙모의 장기 집권에 반기를 들었을 뿐 아니라 구청 등 관계 요로에 온갖 민원까지 제기했다. 외숙모는 '물러날 때 물러나더라도 이런 오명을 뒤집어쓰고 쫓기듯 물러날 수는 없다'며 세력을 규합해 일단 쿠데타 세력을 진압한 뒤, 가족들에게는 구청 등에 제기된 억울한 민원에 대한 해명과 해결을 맡겼다. 이것이 97세 외숙모의 정치력이었다. 그런 외숙모가 노인회 일에서 손을 놓게 된 것은 코로나19 팬데믹 시기였다. 자손들의 증언으로는 팬데믹 시기 노인회 활동이 사실상 멈춘 뒤로 외숙모의 짱짱하던 인지력이나 근력이 빠르게 떨어졌다고 한다.

외숙모는 충청도 서천에서 태어나 자랐는데 부친이 여자라며 학교에 보내주지 않자 평양으로 달아나 거기에서 여학교에 들어갔다고 한다. 당시에는 여자아이를 학교에 보내지 않는 집들이 많아 선교사들이 세운 학교들은 숙식을

제공하며 집을 나온 여학생들을 유치하고 있었다(나중에
자료를 찾아보니 감리교 선교사들이 세운 정진여자보통학교가
아닌가 싶다. 이 학교에는 기숙사 시설이 있어 다른 지방
여학생들이 다닐 수 있었다 한다). 그러나 결국 평양까지 딸을
찾으러 온 아버지 손에 이끌려 다시 고향으로 돌아왔지만
순순히 부모의 뜻을 따르기는커녕 천주교 집안에서 절대
거부할 수 없는 명분을 내세워 저항했다. 평생을 '동정녀'로
살며 성당에서 주님을 모시겠다고 선언한 것이다. 외숙모의
결심은 혼기를 훌쩍 넘길 때까지 오래 지켜졌지만 본당에
배치된 연하의 신학생을 만나 사랑에 빠지면서 무너졌고
그 신학생이 바로 내 큰외삼촌이었다. 아들을 주님께
바치겠다는 독실한 부모의 바람에 따라 부제품까지 받았던
외삼촌은 돌연 사제의 길을 포기하고 '동정녀'를 선언한
비혼주의자 외숙모와 결혼해 서울의 도림동에 자리를
잡았다. 거기에서 야간학교를 열어, 일자리를 찾아 구로
공단으로 모여든 청소년들을 가르쳤다. 영어와 라틴어에
능통했고, 일제강점기에 학교를 다녔으니 일어도 해독
가능했을 외삼촌의 집에는 책이 많았다. 사촌 누이들은 어린
우리가 읽을 만한 책을 따로 골라 모아놓았다. 나는 외갓집에

갈 때마다 다락방에 틀어박혀 배를 깔고 그 책들을 읽었다.
헨리 데이비드 소로는 『월든』에서 "대다수의 사람들은
조용한 절망 속에서 살아간다"고 썼고 이는 그의 글 중에서
자주 인용되는 문장 중의 하나다. 소로의 시대, 뉴잉글랜드
시골의 미국인들이 어땠는지는 모르겠으나, 나의 엄마,
아버지, 그리고 외숙모 같은 분들은 '조용한 절망'에 잠겨
살지 않았다. 원래 나는 '인생 사용법'이라는 호기로운
제목으로 원고를 쓰기 시작했다. 하지만 곧 내가 인생에
대해서 자신 있게 할 말이 별로 없다는 것을 깨달았다. 내가
알고 있는 것은 그저 내게 '단 한 번의 삶'이 주어졌다는
것뿐, 그리고 소로의 단언과는 달리, 많은 이들이 이 '단
한 번의 삶'을 무시무시할 정도로 치열하게 살아간다는
것이었다. 그래서 그냥 그런 이야기들을 있는 그대로 적기로
했다. 일단 적어놓으면 그 안에서 눈이 밝은 이들은 무엇이든
찾아내리라. 그런 마음으로 써나갔다.
다른 작가의 책을 읽다보면 때로 어떤 예감을 받을 때가
있다. 아, 이건 이 작가가 평생 단 한 번만 쓸 수 있는
글이로구나. 내겐 이 책이 그런 것 같다. 그런 책을 너무
일찍 쓴 것은 아닌가 두렵기도 하지만 이젠 돌이킬 수 없다.

세상으로 내보내고, 나는 또 미래의 운을 기다려야 한다.
언제나 내게 용기를 주는 아내와 부족한 원고를 다듬고
만져 한 권의 책으로 만들어낸 편집자와 디자이너, 그리고
무엇보다 나를 글을 쓰는 사람으로 살게 도와준 '선한
운명'에게 깊은 감사를 보낸다. 마지막으로 독자 여러분의
'단 한 번의 삶'들이 부디 축복된 여정으로 남기를 기원한다.

2025년 봄
연희동의 작업실에서
김영하

단 한 번의 삶

ⓒ 김영하 2025

1판 1쇄 2025년 4월 6일
1판 3쇄 2025년 5월 23일

지은이 김영하

펴낸곳 복복서가(주)
출판등록 2019년 11월 12일 제2019-000101호
주소 03720 서울특별시 서대문구 연희로 28길 3
홈페이지 www.bokbokseoga.co.kr
전자우편 edit@bokbokseoga.com
마케팅 문의 031) 955-2689

ISBN 979-11-91114-76-8 03810

잘못된 책은 구입하신 서점에서 교환해드립니다.
기타 교환 문의: 031) 955-2661, 3580